알기 쉽게 풀어 쓴

신곡_지옥편

알기 쉽게 풀어 쓴
신곡_지옥편

초판 1쇄 인쇄 | 2016년 1월 7일
초판 1쇄 발행 | 2016년 1월 12일

지은이 | 단테 알리기에리
편역자 | 이종권
펴낸이 | 김형호
펴낸곳 | 아름다운날
출판 등록 | 1999년 11월 22일
주소 | (121-837) 서울시 마포구 서교동 351-10 동보빌딩 103호
전화 | 02) 3142-8420
팩스 | 02) 3143-4154
E-메일 | arumbook@hanmail.net
ISBN 979-11-86809-08-2 (03880)

※ 잘못된 책은 본사나 구입하신 서점에서 교환하여 드립니다.

이 도서의 국립중앙도서관 출판예정도서목록(CIP)은 서지정보유통지원시스템 홈페이지(http://seoji.nl.go.kr)와 국가자료공동목록시스템(http://www.nl.go.kr/kolisnet)에서 이용하실 수 있습니다.(CIP제어번호: CIP2015035119)

알기 쉽게 풀어 쓴

신곡_지옥편

단테 알리기에리 지음
이종권 편역 │ 귀스타프 도레 그림

아름다운날

지옥편

제1곡

숲 속의 방황과 베르길리우스

내가 인생의 덧없음을 느끼고 앞이 보이지 않는 어두운 숲 속에 빠져 헤매게 된 것은 이제 막 인생 나그넷길 반 고비를 넘어가던 때[1]의 일이었다.

주위는 온통 어둠에 휩싸여 있었다. 어디가 어딘지 모를 캄캄한 숲 속의 골짜기였다. 목이 몹시 말랐고 몸은 천근만근 무거웠다. 아, 도대체 여기가 어디란 말인가. 내가 왜 이 숲 속에서 헤매고 있단 말인가.

---

1) 단테는 인생의 길이를 70년으로 보았는데, 1265년에 태어난 그가 인생의 절반 나이인 서른다섯 살이 되는 해는 1300년이다.

갑자기 공포심이 밀려들면서 지난 내 인생이 주마등처럼 스쳐 지나갔다. 나는 신의 부름에 제대로 순응하며 살아왔던가. 자신 있게 그렇다고 대답할 수는 없었다. 그렇다면 내가 지금 이 숲 속에서 헤매는 것은 신의 뜻이란 말인가.

나는 도대체 길을 찾을 수가 없었다. 물러설 수도 나아갈 수도 없는 진퇴양난에 빠져 있을 때 구원처럼 가느다란 한 줄기 빛이 보였다. 나는 그 빛을 따라 어두운 숲 속을 뚫고 비틀거리며 언덕을 향해 겨우 발걸음을 옮겼다. 그제야 비로소 혼미했던 정신이 안정되면서 어슴푸레하게 시야가 트였고 뭔가 보이기 시작했다. 나는 잠시 안도의 한숨을 내쉬었다.

그러나 그것도 잠시 내가 언덕의 고갯마루를 향해 발걸음을 재촉하자마자 눈앞에 얼룩무늬 표범[2] 한 마리가 길을 가로막고 포효했다. 나는 본능적으로 공포에 떨며 멈칫하며 물러섰다.

내가 그렇게 두려움과 번민에 빠져 있는 사이 태양이 서서히 떠오르고 있었다. 돌아보니 지나온 길이 저만큼 어둠 속에 묻혀 가고 있었다. 표범은 여전히 내 앞길을 가로막고 있었다. 그러나 처음과는 달리 두려움이 점차 사라질 즈음, 이번엔 설상가상으로 황금빛 갈기를 휘날리며 굶주린 사자가 나타나 금방이라도

---

[2] 표범은 '음란'을 상징하는 동물이다. 이어서 나오는 사자는 '오만', 암늑대는 '탐욕'을 상징한다. 이 세 가지 속성은 사람들을 죄악의 길로 이끄는 요인들이다.

나를 잡아먹을 듯이 허연 송곳니를 내보이며 포효했다. 그 소리
가 얼마나 우렁차던지 숲 속의 공기까지 파르르 떨리는 것 같았
다. 그리고 숨을 쉴 겨를도 없이 뒤이어 비루먹은 말라깽이 암
늑대가 나타나 호시탐탐 나를 노려보며 기회를 엿보았다.

　나는 발걸음을 멈추고 비탄의 구렁텅이에 털썩 주저앉고 말
았다. 아마도 절망적인 공포심 때문이었을 것이다. 저 언덕의 고
갯마루에 도착하기는커녕 이제는 목숨을 부지할 수조차 없을
것이라는 극한의 위기감에 넋을 놓아버렸는지도 몰랐다. 그런
상태로 얼마나 시간이 흘러갔는지 모른다.

　내가 다시 어렴풋이 정신을 차리고 보니 어딘가에서 목소리
가 들려왔다.

　"그대는 여기서 무얼 하고 있는가. 무엇이 두려워 저 언덕을
향해 나아가지 못하고 주저앉아 비탄에 넋을 놓고 있는가?"

　나는 깜짝 놀라 주위를 둘러보았다. 이 무인지경의 숲 속에서
누군가를 만나다니, 감히 상상도 할 수 없는 일이 일어나고 있었
다. 아무려면 어떻겠는가. 나는 지푸라기라도 잡는 심정으로 그
목소리에 응답했다.

　"당신은 대체 누구십니까? 아니, 누구라도 상관없습니다. 당신
이 사람이든 귀신이든 나를 살려줄 수만 있다면 말이지요."

　내가 간청하듯이 말을 마치자 곧바로 그 목소리가 분명하게
들려왔다.

"물론 나도 전에는 분명 자네와 같은 사람이었지. 지금은 아니지만 말일세. 난 이탈리아 반도의 유서 깊은 도시 만토바에서 태어났다네. 역사의 한 페이지를 장식하는 율리우스 카이사르의 말년이었지. 그리고 그 뒤를 잇는 현자 아우구스투스 황제 치세에 로마에서 살았다네. 아주 먼 옛날의 얘기지. 그때 나는 시인으로 트로이에서 온 안키세스[3]의 영웅적인 아들을 기리는 찬가를 쓰기도 했었지."

"아니, 그렇다면 지금 내 앞에 있는 당신은 넓디넓은 언어의 강물을 흘려보내신 그 베르길리우스란 말입니까?"

"그렇다네. 내가 바로 베르길리우스라네."

나는 깜짝 놀랐다. 사실 베르길리우스는 내 문학의 영원한 스승이었다. 나는 오래전부터 그를 마음속으로 사숙해 온 터였다. 왜 그렇지 않겠는가. 자신의 손으로 한 줄의 시를 써 본 자라면 어찌 베르길리우스를 모를 수 있겠는가. 그 이름만으로도 그는 이미 불멸의 시인이었다. 그에게서 쏟아진 주옥 같은 시편들은 우리의 고결한 자산이며 나를 비롯한 후세 시인들의 영감의 원천이었으니 내가 어찌 감읍하지 않을 수 있었겠는가. 나는 눈앞에 서 있는 베르길리우스를 보며 조금 전의 절망적인 공포심도

---

3) 트로이의 왕자로 여신 비너스와 사랑에 빠져 아이네이아스를 낳았다. 아이네이아스는 베르길리우스가 쓴 장편 서사시 『아이네이스』의 주인공으로 로마 건국의 시조로 그려진다.

잠시 잊고 말았다.

그러나 곧 나를 호시탐탐 노리고 있는 짐승들로부터 벗어나지 않으면 목숨을 부지할 수 없다는 절박한 생존 본능이 나로 하여금 구원의 손길을 뻗치게 하였다.

"오, 스승 베르길리우스님이여. 저는 지금 사나운 짐승들에게 쫓기고 있습니다. 이 고난으로부터 부디 저를 구원해 주시기를. 지금 제 심장은 떨고 있으며, 피는 싸늘하게 식어가고 있습니다. 제 스스로 이 어두운 숲 속과 저 짐승들로부터 벗어날 수가 없으니 제발 저를 구원해 주시기를……."

그때 베르길리우스의 인자한 목소리가 다시 내 귓전을 울렸다.

"내가 지금부터 그대를 인도하리라. 그대는 다시 저 세속의 진흙탕 속으로 돌아갈 수 없으니, 나를 따르라. 저 사나운 짐승들의 무지막지한 발톱과 이빨로부터 그대를 구출해 영원한 곳으로 인도할 것이니라. 물론 그대가 진정으로 저 언덕을 오르기를 원한다면 말이지. 그대가 나를 따른다면 제일 먼저 지옥의 처참한 모습을 볼 게야. 그곳에서 고통과 비탄의 구렁텅이에서 신음하는 망령들이 다시 죽음을 갈구하는 목불인견의 광경을 보게 되겠지. 그다음 지경에서는 뜨거운 불길 속에서도 때가 되면 축복받은 사람들[4]에게로 갈 수 있다는 희망으로 하루하루

---

4) 천국의 영혼들.

를 속죄하며 지내는 영혼들[5]을 보게 될 거네. 내가 자네를 인도하는 것은 여기까지야. 나는 천국으로 들어갈 수가 없는 운명이거든. 물론 그게 내 잘못은 아니지만 말일세. 그렇다고 미리 절망하진 말게나. 그다음에는 더없이 맑고 순수한 영혼[6]이 나타나 그대의 손을 잡아 줄 테니까. 그녀는 기꺼이 영원한 축복과 기쁨으로 충만한 천국으로 자네를 인도할 게야."

베르길리우스의 말을 듣고 있자니, 어느새 두 눈에 눈물이 맺혔다. 그저 가슴이 벅차올라 감읍할 따름이었다. 왜 그렇지 않았겠는가. 나는 조심스럽게 다가가 스승의 손을 잡았다. 그리고 그 손의 온기를 담아 말했다.

"스승이시여, 부디 당신께서 말씀하신 대로 저를 이 고난의 골짜기에서 벗어나게 해주시기를. 당신께서 너무 일찍 태어나 미처 그 존재를 알지 못했던 하느님의 이름으로 간청합니다. 저를 이곳에서 구출해 지옥과 연옥을 볼 수 있도록 해주시기를. 그리고 제가 천국의 문 앞에서 고결한 영혼을 만날 수 있도록 해주시기를 바라옵고 또 바라옵니다."

그제야 베르길리우스는 잡았던 손을 놓고 아주 천천히 움직이기 시작했고, 나는 그 뒤를 따랐다.

---

5) 연옥의 영혼들.
6) 베아트리체.

나를 구원한 천국의 여인들

어느덧 날이 저물고 어둠과 함께 저녁 안개가 부옇게 몰려왔다. 참으로 내 인생에서 가장 길었고 가장 극적인 하루였다. 나는 묵묵히 스승의 뒤를 따라 걸었다.

한참을 그렇게 걷다 보니 문득 하나의 의문이 떠올랐다. '내가 과연 스승의 뒤를 잘 따라갈 수 있을까.' 마음의 준비가 되어 있지 않았다. 그래서 내게 그만한 능력이나 자격이 있는지 스승에게 여쭙지 않을 수가 없었다.

"크나큰 은총으로 저를 인도해 주시는 스승이시여, 지금 생각하니 제가 너무 감읍한 나머지 경솔했던 게 아닌지 의심스럽습니다. 스승님이 보시기에 제가 당신께서 인도하시는 그 험한 여

정을 감당할 수 있다고 보시는지요. 저는 당신께서 생전에 빛나는 시로 노래했던 아이네이아스나 바울처럼 용감무쌍하거나 출중한 능력을 구비하지 못한 지극히 평범한 존재일 뿐입니다. 그런 저를 누가 믿어 주겠는지요. 그저 두렵기만 합니다. 자칫 손가락질이나 받지 않을까 걱정도 되고 말이지요. 스승이시여, 이런 제 걱정과 두려움이 한낱 기우에 지나지 않는 것입니까? 스승님께서 말씀해 주십시오."

그러자 스승 베르길리우스는 그런 내 마음을 다 안다는 듯 고개를 끄덕이며 말했다.

"물론 자네 입장에선 그런 생각을 할 수도 있겠지. 그러나 미리 겁을 먹을 필요는 없네. 지레 겁을 먹고 발걸음을 멈춘다면 그건 어리석은 자야. 마치 제 그림자를 보고 놀라는 것과 마찬가지로 아둔한 짓이지. 모험에는 고난이 따르는 법이라네. 그게 자네가 살아온 저 세상의 진리가 아니던가. 여기서도 그 진리는 마찬가지라네. 그러니 미리 걱정하고 두려움에 몸을 움츠리지 말게나. 그건 부질없는 짓이거든. 자넨 이제 담대해져야 하네."

베르길리우스는 스승답게 인자한 말투로 위로하시면서 왜 자신이 나를 위한 인도자가 되었는지 저간의 사정을 말하기 시작했다. 스승께서는 아직 하느님이 이 세상에 출현[7]하기 훨씬 전

---

7) 예수의 탄생.

에 태어나셨기 때문에 세례를 받을 수 없었음은 물론이고 죽어서도 지옥도 천국도 아닌 림보라는 곳에 머물고 계셨다. 그러니까 림보에는 하느님이 태어나기 전에 생을 마친 영혼들이 머무는 곳인데, 어느 날 스승께서는 당신을 부르는 여인의 목소리를 듣게 되었다.

"우리의 영원한 시성 베르길리우스여, 당신의 위대한 시편은 아직도 세상에서 많은 사람들의 입에서 회자되고 있고, 그 명성은 꺼지지 않는 불꽃처럼 언제까지나 영원할 것입니다."

하느님의 은총을 받아 고결한 천사의 모습으로 빛나는 여인은 간절하게 말했다.

"찬란한 불멸의 시인 베르길리우스여, 나는 당신에게 부탁을 하고자 이렇게 찾아왔습니다. 한때 내 소중한 벗이었던 사람이 지금 무인지경의 어두운 골짜기 숲 속에서 사나운 짐승들에게 쫓기며 방황하고 있습니다. 한마디로 절체절명의 위기에 처해 있지요. 그는 공포와 비탄과 절망에 빠져 왔던 길을 되돌아가려고 합니다. 내가 천국에서 보니 그는 아주 위험한 운명의 구렁텅이에서 헤어나지 못하고 있었습니다. 내가 이렇게 급히 달려왔지만 너무 늦은 건 아닌지 두렵습니다. 그러니 원컨대 위대한 시인 베르길리우스여, 부디 내 소중한 벗을 위기에서 구출하여 저에게 위안을 베풀어 주시기를. 그 은공은 잊지 않을 것입니다. 내가 다시 천국의 하느님 앞으로 돌아간다면 당신께서 이번에

행한 일들에 대해 말씀드릴 것입니다."

여인은 이렇게 말하면서 눈물이 그렁그렁한 눈으로 먼 허공을
바라보았다고 했다. 결국 그녀, 베아트리체는 자신의 연인이자
소중한 벗이었던 나를 구원하기 위해 스승 베르길리우스를 찾아
왔던 것이다. 물론 그 이전에 하늘에 계시는 친절하신 여인[8]께
서 위기에 처한 나를 발견하시고는 성녀 루치아를 불러 베아트
리체를 찾아가게 했고, 그런 연유로 베아트리체는 베르길리우스
를 찾아와 간청을 했다는 이야기였다.

스승께서는 이렇게 세세하게 당신께서 나를 인도하게 된 저
간의 사정을 말하시면서 내게 용기를 북돋우려는 듯 다시 힘차
게 말을 이어갔다.

"내 얘기를 들었으면 알 테지만 자넨 아무 걱정할 것이 없다
네. 천국에서 자네 처지를 염려하고 구원하기 위해 세 여인이 신
경을 쓰고 있으니까 말일세. 그러니 어찌 두려움에 떨며 주저하
고 있겠는가. 담대하게 나를 따라오면 되지 않겠는가."

스승의 말을 들으니 지금까지의 내 모습이 부끄러워 몸 둘 바
를 모를 지경이었지만, 한편으로는 용기가 났다. 그렇다. 베아트
리체가 있고, 그 뒤에 성녀 루치아와 성모 마리아께서 나를 돌
보고 계신데, 무얼 더 망설이고 주저하며 걱정할 게 있겠는가.

---

8) 성모 마리아.

"스승님, 당신의 은혜에 감사합니다. 당신의 말씀을 들으니 저는 이제 걱정할 게 하나도 없음을 알겠습니다. 저는 기꺼이 당신의 인도를 따를 것입니다. 이제 용기가 나고 움츠렸던 어깨가 쫙 펴지며 의지가 샘솟고 있습니다. 스승님, 이제 출발하시지요."

내 말이 끝나자마자 기다렸다는 듯이 스승 베르길리우스는 활기차게 걸음을 옮기기 시작했다. 스승의 인도를 따라가는 내 앞에는 과연 어떤 운명이 기다리고 있을 것인가. 첫 여정으로 지옥을 향해 가는 내 심장은 벌써부터 미지의 도전과 모험 앞에서 쿵쾅거리기 시작했다.

제3곡

지옥문을 지나 아케론 강을 건너다

　마침내 스승과 나는 지옥문 앞에 이르렀다. 보기만 해도 겁에 질릴 정도로 기괴하고 음산하기 짝이 없는 거대한 지옥문 위에는 앞으로의 험로를 예고하듯 다음과 같은 시구가 우리를 환영하고 있었다. 아니, 저주하고 있었는지도 몰랐다.

　〈여기 문이 있나니, 이 문은 고통의 환란으로 들어가는 문, 영원한 고통이 기다리는 문, 이 문은 지존이신 하느님이 공의로운 힘과 지혜로 만드신 문이니, 이 세상이 끝날 때까지 영원히 남을 것이니라. 한 번 이 문으로 들어온 자는, 그가 누구든지 빠져나갈 수 없나니 희망일랑은 버릴지어다.〉

　나는 이 섬뜩한 시구를 읽고는 한 줄기 서늘한 바람이 등골

을 훑고 지나가는 것처럼 두려움에 온몸을 떨었다. 스승 베르길리우스가 내 손을 잡아주지 않았더라면 나는 한참을 그렇게 떨고 있었을 것이다. 과연 지옥문답게 을씨년스러웠고 가슴 저 깊은 곳에서 무시무시한 공포감이 밀려와 전율을 느꼈다. 그런 내심정을 아시는지 스승은 잡은 손에 힘을 주어 나를 안심시켰다. 그러고는 아무렇지도 않게 말했다.

"자자, 여기서 지체할 수는 없네. 갈 길이 멀거든. 이제 믿음을 잃어버리고 고통과 환란에 빠진 망령의 무리들을 보러 가세나."

나는 스승의 뒤를 따라 어둠이 아가리를 한껏 벌리고 있는 동굴의 초입으로 걸음을 옮기기 시작했다. 그런데 그때, 초입으로 발걸음을 떼자마자 사방에서 가공할 만한 탄식과 비명과 울부짖음이 울려 퍼졌다. 뭐라 설명하기 어려운 기괴한 광경에 나는 금세 겁을 먹었다. 어디가 어딘지 도무지 분간할 수 없는 어둠 속에서 회오리바람처럼 귓전을 파고드는 온갖 귀곡성은 정말이지 무시무시했다. 그 소리들은 동굴 같은 어둠의 허공에서 광란의 소용돌이를 일으키고 있었다. 나는 그만 머리를 감싸쥐고 눈물을 떨어뜨리면서 스승님께 물었다.

"스승님, 제가 지금 보고 듣고 있는 것은 대체 무엇입니까? 또 끝없이 고통의 비명을 내지르는 저 인간들은 대체 무슨 죄를 지었기에 저토록 참담하게 울부짖고 있는 것입니까?"

"참으로 한심한 영혼들이지. 저자들의 꼬락서니를 잘 봐두게

나. 자신의 인생을 치욕도 명예도 모르고 살아온 자들의 모습이니까 말일세. 무위도식하며 인생을 소비한 자들이지. 저들 중에는 신의 의지와 상관없이 오로지 자신의 욕망을 충족하는 것으로 일생을 보낸 천사들도 있다네. 타락한 천사들이지. 참으로 안타까운 일이지만 어쩌겠는가. 하느님은 저들을 천국에서 쫓아냈다네. 천국이 더럽혀질까봐 그랬던 것이지. 그러나 저들은 이 지옥에 떨어져서도 일말의 회개나 반성도 없이 빈둥거리고 있다네."

스승은 한숨을 내쉬며 말했다. 아마도 스승께서는 저들의 영혼이 가여운 나머지 일말의 연민을 느끼고 있는 것처럼 보였다.

"스승님, 저들은 특별하게 악행을 저지른 것도 아닌데 왜 저토록 고통을 당해야만 하는 것입니까? 전 이해가 되지 않습니다. 대체 저들을 괴롭히고 있는 것은 무엇인가요?"

"자네에겐 잘 이해가 안 되겠지만 저들은 죽었어도 죽은 게 아니라네. 오히려 저들은 죽기를 간절히 바라고 있지. 물론 육신의 죽음은 이루어졌지만 영혼은 살아 있는 거야. 말하자면 산 것도 죽은 것도 아니라는 말일세. 그러니까 고통스러울 수밖에 없지 않겠나. 죽고 싶어도 죽을 수 없는, 아니 죽음조차 허락되지 않는 고통이 저들로 하여금 저렇게 비탄의 울부짖음을 쏟아내게 한다네. 자, 여기선 이만하면 됐으니 다시 길을 떠나세."

스승의 뒤를 따라 길을 나섰을 때, 저 멀리 깃발을 앞세우고 걸어가는 한 무리의 행렬이 모습을 나타냈다. 그들은 빠르게 우리 앞을 지나쳤다. 끔찍한 죽음의 행렬이었다. 그 속에는 내가 아는 낯익은 얼굴도 하나 있어 하마터면 깜짝 놀라 소리를 지를 뻔했다. 큰일 앞에서 비겁했던 이[9]였다.

그들은 발가벗겨진 알몸의 형상을 하고 있었는데, 그들을 쫓아오는 수만 마리의 벌 떼들에게 쏘여 피를 흘리고 있었다. 얼굴은 물론 온몸은 벌겋게 물이 들었고 고통으로 일그러진 얼굴에서는 연신 피눈물이 흘러내리고 있었다. 참으로 끔찍하고 처참하기 짝이 없는 몰골들이었다.

나는 외면하고 싶어 애써 눈을 돌렸다. 그때 내 눈앞에 시퍼런 강물이 굽이치는 것이 보였다. 스승은 그 강이 지옥을 가로질러 흐르는 아케론 강이라고 일러주셨다. 우리는 강가로 다가갔다. 이미 강가에는 많은 사람들이 나와 웅성거리고 있었다. 아마도 강을 건너려고 무언가를 기다리고 있는 모습이었다. 내가 스승님께 물었다.

"스승님, 대체 저 사람들은 누구이며, 왜 강을 건너려고 하는 것입니까?"

그러나 스승님은 아무 말씀이 없었다. 조금 있으면 자연히 알

---

9) 구체적으로 누구를 가리키는지는 불분명하다. 일반적으로는 1294년에 교황 첼리스트노 5세로 선출되었으나 5개월 만에 스스로 자리에서 물러난 피에르 다 모로네를 가리킨다고 보는 견해가 우세하다.

게 될 테니 가만히 기다려 보자는 투였다. 나는 성급하게 나댄 것이 공연히 무안해져서 고개를 떨어뜨렸다. 스승님의 심기를 건드린 것은 아닌지 걱정이 들었던 것이다. 나는 매번 궁금증을 참지 못하고 조급하게 스승님을 괴롭혔던 게 아닌지 반성하는 마음으로 입을 다물고 스승님의 뒤를 따랐다.

그때였다. 강 저편에서 머리가 하얗게 센 뱃사공[10]이 힘차게 노를 저으며 다가오고 있었다. 그는 노익장을 과시라도 하듯 산발한 은빛 머리칼을 휘날리며 강변에 모여 있던 사람들에게 천둥 같은 목소리로 외쳐대는 것이었다.

"이놈들아, 저주받은 악마의 망령들아! 너희들에게는 남은 것은 하느님의 벼락뿐이니라. 곧 재앙의 불벼락이 시작되리라. 다시 너희들이 하늘을 보는 일은 없을 터이니 꿈일랑 깨는 게 좋을 것이니라. 이제 내가 너희들을 강 건너 어둠의 불길이 활활 타오르는 지옥 속으로 데려가리라. 이놈들아, 단단히 각오를 해야 할 것이다."

한바탕 사자후를 토해낸 뱃사공은 강변에 배를 대고 공포에 질려 부들부들 떨고 있는 망령들을 무섭게 쏘아보았다. 노인의 눈에서는 시퍼런 불꽃이 타오르는 듯했다. 그는 어깨에 노를 둘

---

10) 카론. 그리스 신화에서 어둠의 신 에레보스와 밤의 여신 닉스 사이에서 태어난 인물로, 죽은 자들을 배에 태워 저승 세계로 인도한다.

러메고 한 명씩 배에 오르도록 명령했다. 두려움에 멈칫거리거나 뒤로 내빼려는 자가 보이면 노를 들어 사정없이 등짝을 후려쳤다. 마침내 우리 차례가 되어 스승님과 내가 뱃전에 다가가자 나를 보고 다짜고짜 소리쳤다.

"너는 웬 놈이냐? 네놈은 내가 이곳에서 한 번도 본 적이 없는 살아 있는 영혼이 아니더냐. 여기는 네놈이 있을 곳이 아니란 걸 몰랐더란 말이냐. 이 배에는 죽은 자의 영혼만이 탈 수 있거늘 왜 여기서 어물쩍거리는 것이냐? 어서 썩 물러가지 못할까."

내가 노인의 호통에 놀라 멈칫거리자 스승님이 나서서 타이르듯 말씀하셨다.

"이보시오, 아케론 강의 뱃사공 카론이여, 내 일찍이 그대의 악명은 잘 알고 있소이다. 그러나 그렇게 버럭 성질부터 내지 말고 내 말을 좀 들어본 다음에 성질을 내도 늦지는 않을 것이오. 이 사람은 그대의 말대로 살아 있는 영혼이 맞소. 하지만 이 사람은 하느님의 부르심을 받고 지옥의 여행자로 이곳에 온 거요. 나는 이 사람을 인도하라는 하느님의 명령을 받은 베르길리우스라고 하오. 자! 카론이여, 이만하면 충분히 납득하셨을 테니 우리가 배에 올라도 되겠소?"

그제야 카론은 입을 다물고 순한 양처럼 물러섰다. 하지만 그것도 잠시, 카론은 배에 올라탄 저주받은 망령들을 한번 휘둘러 보더니 다시 얼굴을 일그러뜨리면서 분노의 감정을 나타냈다.

그 모습에 배 안의 망령들은 다시 겁을 집어먹고 부들부들 떨면서 탄식과 비명을 쏟아냈다. 그렇게 한바탕 소란을 겪고 나서 카론은 배를 저어 강을 건너기 시작했다.

아케론 강은 피처럼 붉은 빛이었다. 아니, 검붉은 빛이었다. 악취가 진동했다. 파도가 치듯 물살은 높이 굽이치고 그럴 때마다 배는 심하게 요동쳤다. 여기저기서 배의 난간을 잡고 있던 망령들은 토악질을 하면서 울부짖고 통곡했다. 그때마다 카론은 악다구니를 쏟아내며 노를 휘둘러 망령들을 능숙하게 제압했다. 과연 지옥의 악마답게 그 태도에는 함부로 범접할 수 없는 위엄이 깃들어 있었다. 망령들은 카론 앞에서 설설 길 수밖에 없었다. 그들은 겨우 난간에 기대어 멍한 눈으로 강물을 바라보았고, 어떤 망령들은 강물 속으로 손을 뻗어 무언가를 움켜쥐려고 했으나 아무런 소득이 없었다.

문득 고개를 들어 방금 떠나왔던 강변을 바라보니, 벌써 새로 도착한 망령의 무리들이 웅성거리며 서성대는 모습이 보였다. 우리가 강을 다 건너기 전인데도 말이다. 저들이 왜 그렇게 강변으로 모여들어 서둘러 아케론 강의 나룻배를 타려고 하는지 나로서는 궁금할 따름이었다. 카론의 말대로 강을 건너면 끔찍한 불벼락의 형벌이 기다리고 있는데 말이다. 물론 저들도 그러한 사실을 알고 있을 터였다.

마침 스승 베르길리우스께서 내 마음을 읽으셨는지 그 사연

을 말씀해 주셨다.

"저들은 자신들이 지은 죄를 잘 알고 있다네. 물론 회개의 여지가 없다는 것도 알고 있지. 그래서 서둘러 나룻배에 오르려는 거야. 아무런 희망이 없으니 지옥에 떨어져 하루 빨리 죗값을 치르겠다는 심산인 것이지. 지금까지 죄 없는 망령들이, 그러니까 착하고 어진 영혼들이 이 강을 건넌 적은 한 번도 없다네. 이만하면 아까 카론이 자네에게 불같이 성질을 낸 이유도 설명이 될 거야."

스승님께서 말씀을 마쳤을 즈음 어느덧 목적지에 다가왔는지 배가 심하게 요동치며 흔들렸다. 카론은 뱃머리에 서서 노를 휘두르며 망령들에게 어서 내리라고 큰 소리로 명령했다. 잔뜩 겁을 먹은 망령들이 하나 둘 내리기 시작했고, 스승님과 나도 배에서 내려 땅을 밟았다. 그 순간 엄청난 바람이 불어왔고 지진이 일어난 듯 땅이 흔들렸다. 그러고는 푸른 섬광이 눈앞에서 번쩍이는 것과 동시에 나는 극심한 어지럼증을 느끼며 그 자리에 쓰러지고 말았다.

제4곡

림보에서 만난 위대한 시인과 철학자들

얼마나 시간이 흘러갔는지 알 수 없었다. 나는 귀청을 찢어발기는 듯한 천둥소리에 놀라 혼수상태에서 깨어났다. 아케론 강을 건넌 것은 확실했다. 아직 카론의 분노에 찬 얼굴이 아른거렸다.

그러나 여기가 대체 어딘지 알 수가 없었다. 주변을 둘러보면 깊은 골짜기의 초입인 것 같긴 한데 분명하지는 않았다. 거기다 골짜기 가득 희부연 안개가 뒤덮고 있어서 앞을 가늠하기조차 어려웠다. 내가 그렇게 비몽사몽 헤매고 있을 때 스승님의 목소리가 들려왔다.

"이보게, 정신이 좀 드는가. 이제 저 어둠의 골짜기 아래로 내려가 볼 때가 된 것 같군. 여기서부터 우리의 본격적인 여행이 시작된다네. 자, 어서 가보세. 내가 앞장을 설 테니 자네는 내 뒤를 따르기만 하면 될 게야."

스승님은 태연하게 말씀하셨지만 어딘가 모르게 안색이 좋지 않아 보였다. 어느새 안색만 보고도 스승님의 현재 상태를 파악할 수 있을 만큼 스승님과 가까워진 것인가. 그렇기는 해도 스승님의 속마음을 진짜로 헤아리기는 어려웠다. 내가 모르는 어떤 두려움 때문인지도 몰랐다. 내 이런 낌새를 느끼셨는지 스승님은 자상하게 말씀하셨다.

"자넨 내가 두려움에 겁을 집어먹고 있다고 보는가? 그렇다면 잘못 짚은 것이네. 난 겁을 먹고 있는 게 아니라 연민 때문에 가슴이 아픈 것이라네. 바로 저 골짜기 아래서 신음하는 망령들을 생각하면 어찌 연민을 갖지 않을 수 있겠는가. 그래서 내 안색이 좀 어두웠던 게지. 안심하고 날 따라오게나."

스승님은 그렇게 나를 위로하고는 서둘러 깊은 어둠에 둘러싸인 골짜기 아래로 내려가기 시작했다. 지금까지와 다르게 이곳에서는 비명과 탄식과 울부짖는 소리가 없었다. 다만 음산한 바람이 가끔 휘몰아칠 뿐이었다.

"스승님, 이곳은 어딘데 이렇게 조용한가요. 마치 모든 소리가 죽은 것 같습니다. 바람소리 빼고는 말이지요. 지금까지와는 너무도 다른 곳이군요. 자못 평화롭기까지 하니 말입니다."

"그렇다네. 이곳은 림보라고 불리는 첫 번째 지옥이지. 여기선 그 누구도 고통에 시달리며 비명을 지르거나 악다구니를 쓰지는 않는다네. 물론 이곳에도 슬픔과 한숨은 있지. 자네가 들은 바람소리는 사실 바람소리가 아니라 한숨소리를 착각한 것이라네."

스승님의 말씀을 듣고 보니 이들은 무슨 죄를 지었기에 한숨소리가 바람소리처럼 들렸을까 궁금했다. 대체 어떤 영혼들이란 말인가. 스승님은 잠시 깊은 생각에 잠겼다가 말을 이었다.

"여기 림보에 있는 자들은 죄를 지은 자들이 아니라네. 아니, 어떻게 보면 생전에 선행을 베풀고 어진 덕을 쌓은 훌륭한 사람도 많지. 그렇다고 천국에 들어갈 수 있는 것은 아니라네. 왜 그런지 그 연유를 자네도 알 것이네. 그들은 신의 존재를 몰랐던 거지. 그러니까 당연히 천국으로 가는 열쇠인 세례를 받은 적도 없을 수밖에. 말하자면 원죄를 그대로 가지고 있는 거야. 그들은 우리 주 그리스도께서 이 땅에 오셔서 우리의 죄를 대속하기 전에 태어났으니까 말일세. 전에도 말했지만 나 역시 그들과 마찬가지 이유로 여기 림보에 머물고 있었다네."

나는 스승님의 말씀을 듣고서야 림보에 머물고 있는 영혼들의 슬픔과 한숨을 이해하게 되었다. 아울러 스승님의 안타까운 처지에 대해서도 깊은 연민을 갖게 되었다. 스승님의 말씀에 따르면 림보에 있는 영혼들이 천국에 오를 가능성은 없었다. 스승님과 같이 우리 인류 역사의 위대한 스승들이 림보에 머물고 있다는 사실은 안타까움을 넘어 나를 고통스럽게 했다.

"스승님, 이곳 림보에 있는 영혼들이 하느님의 나라로 들어가는 것은 정녕 불가능한 것입니까? 지금까지 정말 단 한 명도 그러한 예가 없었습니까?"

스승님은 나의 물음에 깊은 상념에 빠져 한동안 입을 열지 못했다. 아마도 당신의 먼 옛날을 회상하시는 것 같았다.

"그러니까 내가 이곳으로 온 지 얼마 되지 않았을 때였네. 나는 어느 날 황금빛 왕관을 쓰고 찬란한 후광을 받으며 이곳에 오신 분[11]을 보았지. 그분은 우리의 첫 번째 조상인 아담과 그 아들 아벨과 십계명을 받은 모세, 아브라함과 다윗, 요셉, 야곱, 그리고 그 후손들의 영혼을 불러내 축복을 내리고 천국으로 인도해 주셨다네. 참으로 성스럽고 감동적인 광경이었어. 나 또한 내심 그분의 축복을 받을 수 있기를 바랐지만 기대 난망이었다네. 그 이후로 구원받은 영혼은 하나도 없었거든."

스승님과 나는 이런 대화를 나누며 더 깊은 골짜기로 내려가고 있었다. 그때 저 멀리서 칠흑 같은 어둠을 뚫고 한 줄기 빛이 흘러나오고 있었다. 그 빛은 은은하면서도 어딘지 모르게 신비로운 위엄을 발하고 있었다. 스승님의 말씀에 따르면, 그 빛은

---

11) 예수 그리스도.

비록 일찍 태어나는 바람에 하느님의 존재를 알지는 못했지만 우리들의 정신을 살찌게 했던 위대한 인류의 스승들인 유명 시인들과 철학자들로부터 나오는 빛이었다.

그들은 살아생전 학문과 예술에서 빛나는 성취를 보여준 고결한 영혼들이었다. 그래서 죽은 후에 이곳 림보에서도 빛을 발하며 영광을 누리고 있었던 것이다. 그들은 우리가 이름만 들어도 다 알 만한 명예로운 자들이었다. 우리가 그 빛을 보고 가까이 다가갔을 때 누군가 외치는 소리가 들려왔다.

"찬양할지어다, 저 위대한 시인을! 하느님의 부르심을 받고 잠시 이곳을 떠났던 그의 영혼이 다시 돌아왔나니, 모두 일어나 찬양하고 경배할지어다."

나는 그 목소리에 알 수 없는 경외심을 느꼈다. 그리고 주위를 둘러보다가 우리를 향해 다가오는 영혼의 그림자들을 보았다. 그 표정에서는 어떤 희로애락의 감정도 읽을 수 없을 만큼 평온했고 고요했다. 그때 스승 베르길리우스께서 먼저 입을 열었다.

"자네 잘 보고 있나? 선두에서 손에 칼을 들고 앞장서 오고 있는 영혼이 누군지 알겠나? 물론 알고 있을 테지. 그를 모른다면 글을 아는 자가 아닐 테니까 말이지. 그는 바로 최고의 시인 호메로스라네. 그다음은 풍자시인 호라티우스고, 세 번째 영혼은 오비디우스, 그리고 마지막 영혼은 루카누스라네. 자, 어떤

가. 이만하면 시의 왕자들이 다 모였다고 할 수 있지 않겠나. 더욱이 저 네 영혼들이 부끄럽게도 나에게까지 시인의 월계관을 씌우고 찬양을 바치니, 이 어찌 영광스럽지 않겠는가."

나는 그가 시인이라는 이름을 갖고 있다면 누가 되었든 마땅히 경의를 표할 다섯 명의 대시인들을 향해 고개를 숙였다. 나는 정말 행운아였고 복 받은 자가 아닐 수 없었다. 다섯 시성들께서는 나를 여섯 번째 시인으로 인정을 해주어서 나는 몸 둘 바를 모를 지경이었다. 분에 넘치는 영광 안에서 나는 그들과 함께 걸으며 많은 이야기를 나누었다.

이윽고 우리는 거대한 성을 마주하게 되었다. 그 위용이 얼마나 대단한지 쳐다보기만 해도 목이 아플 지경이었다. 성 아래에는 작은 강물이 흘러가고 있었다. 강물은 맑고 푸르렀다. 스승님께서는 이 강을 건너 일곱 개의 성문을 지나야 비로소 성 안으로 들어갈 수 있다고 일러주었다.

나는 위대한 시인들의 뒤를 따라 성 안으로 들어갔다. 성 안에는 푸른 잔디에 덮인 아름다운 동산들이 솟아 있었고, 내가 역사책 속에서 보았던 많은 위인들과 현자들의 영혼이 산책을 하고 있었다. 모든 게 평화로웠고 따뜻했다. 나는 흥분해서 꿈속을 헤매는 듯한 희열을 느꼈다.

맨 처음 눈에 들어온 영혼은 엘렉트라[12]였다. 그 옆에는 용맹한 전사로 이름을 떨쳤던 헥토르와 아이네이아스, 그리고 갑옷

차림에 독수리의 눈매를 한 카이사르가 있었다. 또한 카밀라[13] 와 펜테실레이아[14]의 모습도 눈에 띄었다. 눈을 돌리니 거기에 는 라티니스 왕과 공주 라비냐[15]가 있었고, 그 밖에도 타르퀴니 우스를 쫓아낸 브루투스와 루크레티아[16]도 보였다.

우리가 좀 더 앞으로 나아가자, 중앙에 있는 동산에는 그야말 로 철학의 신이라고 할 수 있는 기라성 같은 철학자들이 앉거나 혹은 서서 대화를 나누고 있었다. 나는 그 모습을 보고 경이와 감동에 찬 전율을 느꼈다. 그들 철학하는 무리 중에 앉은 지자 들의 스승[17]에게 모두의 찬양과 우러름이 집중되고 있었다. 그 누구보다 그와 가까이 있는 것은 플라톤과 소크라테스였다. 그 리고 수많은 쟁쟁한 철학자들이 그 세 사람을 둘러싼 채 저마 다 다른 모습으로 철학의 향연을 벌이고 있었다.

여기서 그 이름들을 일일이 다 열거할 수는 없지만, 그래도 데모크리토스와 디오게네스, 아낙사고라스와 탈레스, 엠페도클

---

12) 그리스 신화에 나오는 거인신 아틀라스의 딸로, 제우스와 동침해서 트로이 왕국의 건국 시조가 되는 다르다노스를 낳았다.

13) 베르길리우스의 서사시 『아이네이스』에 등장하는 볼스키 족의 공주이자 뛰어난 여전사 로, 이탈리아 반도에 진출한 영웅 아이네이아스와의 전쟁에서 죽임을 당하였다.

14) 전설적인 여자 무인 종족인 아마존의 여왕.

15) 영웅 아이네이아스의 아내.

16) 남편인 콜라티누스의 친척 타르퀴니우스 왕의 아들에게 겁탈당하자 자결한 비운의 여인.

17) 아리스토텔레스. 그의 철학을 받아들인 중세 스콜라주의 전통에 따른 표현법으로 볼 수 있다.

레스와 헤라클레이토스, 제논과 오르페우스, 키케로와 세네카, 유클리드와 프톨레마이오스, 히포크라테스와 아베로에스의 이름만은 적어두어야겠다. 그 밖에도 많은 철학자들이 동산 여기저기 흩어져 대화를 나누거나 사색에 잠겨 거니는 모습은 과연 이곳이 학문의 성이라는 사실을 유감없이 보여주고 있었다.

내가 이렇게 철학자들이 연출하는 일대 장관에 넋이 빠져 있는 동안 어느새 동행한 위대한 시인들은 그들의 자리로 돌아가고, 다시 스승님과 둘만 남게 되었다. 나는 스승님의 뒤를 따라 그가 인도하는 새로운 여정에 한껏 기대를 품고 성문을 빠져나왔다.

제5곡

지옥의 심판관 미노스

내가 스승님을 따라 도착한 곳은 제1지옥 아래에 있는 제2지옥이었다. 아래로 내려갈수록 좁아지는지 제1지옥 림보보다는 그 입구부터 비좁았다. 정문 앞에는 미노스[18]가 무서운 표정으로 떡하니 버티고 서 있었다. 이곳에 들어온 영혼들은 미노스 앞에서 일단 자신의 죄를 낱낱이 고백해야만 했다. 벌써부터 미노스 앞에는 긴 줄이 서 있었다. 그들은 저마다 두려움에 떨며 심판을 받기 위해 기다리고 있는 것이었다.

---

[18] 크레타 섬을 통치했던 인물로, 제우스와 에우로페 사이에서 태어났다. 베르길리우스는 『아이네이스』에서 그를 지옥의 심판관으로 묘사하였다.

그러니까 미노스는 지옥의 심판관이었다. 그는 이곳에 들어온 영혼들의 고백을 하나하나 듣고 어느 지옥으로 보낼 것인가를 결정했다. 그런데 그 방법이 아주 특이했다. 미노스는 긴 꼬리를 가지고 있었는데, 죄가 무거울수록 꼬리를 휘둘러 여러 겹으로 휘감는 방식이었다. 그가 꼬리로 휘감는 횟수에 따라 어느 지옥으로 갈 것인가를 결정하는 것이었다.

이런 행태를 가만히 지켜보고 있을 때, 하던 일을 멈춘 미노스가 벌컥 소리를 질렀다.

"이놈, 넌 누구냐? 대체 네놈은 누구기에 스스로 심판의 집을 찾아왔단 말이냐? 어리석은 자여, 어떻게 이곳까지 왔는지 모르지만 내 앞을 그냥 통과할 수는 없다. 여태 한 번도 그러한 적이 없었다. 따라서 네놈 역시도 내 앞에 부복하고서 죄를 고백해야만 한다. 알겠는가?"

지금까지 그래 왔던 것처럼 이번에도 스승 베르길리우스가 나서서 타이르듯 말했다.

"지옥의 심판관 미노스여, 그대의 말이 좀 과한 것 같군. 이 사람은 전능하신 하느님의 뜻에 따라 여기 왔고 또 가야 할 길이 머니 괜히 방해하지 말라. 내 분명 하느님의 뜻이라 했느니, 더 이상 잔말 말고 길을 터주기를 바라노라."

그러자 그 사나운 미노스도 순순히 길을 내주었다. 나는 다시 스승님의 뒤를 따라 정문을 지나 본격적으로 제2지옥이 시

작되는 어두컴컴한 공간으로 내려섰다. 그곳은 한 줄기 빛도 들지 않는 어둠의 골짜기이자 비탄의 골짜기였다. 거센 바람이 휘몰아치면서 사방에서 고통에 찬 울부짖음이 들려왔다. 바람이 얼마나 거칠고 세던지 스승님은 내 손을 꼭 잡고 이끌어 주었다. 나는 그렇게 스승님의 손을 잡고 수많은 망령들이 고통으로 울부짖는 모습을 바라보았다. 바람은 매서운 채찍처럼 망령들의 몸을 후려치고 있었다. 그 서슬에 살점이 떨어져나가고 온몸에 멍이 들면서 고통에 찬 신음소리가 쏟아졌다. 그리고 하느님을 향한 원망과 저주도 솟구쳤다.

그들에게는 그 어떤 희망이나 구원의 여지가 없는 것처럼 보였다. 스승님에 따르면, 그들은 자신의 더러운 욕망을 채우는 데 혈안이 되어 올바른 이성을 저버리고 음란을 일삼은 자들이었다. 그들은 끝없이 불어오는 지옥의 태풍에 이리 밀리고 저리 밀리면서 까마득한 절벽 밑의 또 다른 지옥으로 떨어지지 않기 위해 필사적으로 버둥거리고 있었다. 제 몸 하나 건사하기 어려운 지경이었기에 회개와 구원을 갈구할 수조차 없었다.

"잘 보게나. 저기 맨 앞에서 걸어가는 망령이 보이지. 그녀는 수많은 백성들의 황후, 세미라미스라네. 그녀는 일생을 음탕한 향락에 젖어 탕진한 것도 모자라 나중에는 아예 쾌락을 합법화시킨 장본인이지. 백성들의 비난이 쏟아지자 자신의 권력을 이용해 악을 정당화하는 묘한 법을 만들었네. 그러니 세상이 어떻

게 되었겠는가. 사회의 건강한 기풍은 무너지고 풍기문란이 지배하는 악마의 소굴이 되었지."

"스승님의 말씀을 듣고 보니 저 망령들이 고통을 당할 수밖에 없는 이유를 알겠군요."

"그렇지. 자고로 죄 없는 자가 형벌을 받는 법은 없는 법이야. 자, 그다음 망령을 보게. 그녀[19]는 자신의 남편 시카이오스가 죽자 다른 사내와 사랑에 빠져 육체의 욕망을 불살랐지. 결국은 제우스의 노여움을 사서 자살을 하고 말았다네. 그 뒤의 망령은 그 유명한 클레오파트라일세. 영웅호걸들과 한 시대를 멋지게 풍미했지만 그녀 역시 육욕의 죄를 벗어날 길은 없었던 셈이지. 이곳에는 미인 중의 미인 소리를 들었던 헬레나도 있네. 그녀 때문에 트로이 전쟁이 일어났고 수많은 사람들이 재난과 고통 속에서 죽었으니 어찌 신께서 그녀를 지옥으로 보내지 않을 수 있었겠는가."

육욕의 욕망을 제어하지 못해 재앙의 운명을 맞이한 망령들을 보니 절로 한숨이 나왔다. 스승님은 사랑과 욕정 때문에 자신의 인생을 나락으로 떨어뜨린 많은 영웅들의 사례도 들려주었다.

---

19) 디도. 그녀의 오빠 피그말리온이 재산을 탐내 남편을 죽이자 몰래 재물을 배에 싣고 아프리카 북부로 옮겨가 카르타고 왕국을 세웠다. 그 후 표류해 온 아이네이아스와 사랑에 빠졌으나 버림받게 되자 불 속으로 뛰어들어 죽었다.

"보게나, 저기 아킬레우스[20]를, 파리스[21]를, 트리스탄[22]을."

스승님은 사랑 때문에 비극적인 운명을 맞이했던 망령들을 하나하나 가리키며 그 연유와 사연을 말씀해 주셨다. 특히 그 중에는 프란체스카와 파울로의 슬픈 사랑의 이야기[23]도 있었는데 차마 다 듣고 있기가 괴로울 정도였다. 이곳에서 고통을 받고 있는 저 무수한 망령들이 사랑 때문에 인생을 망쳤다고 생각하니 사랑은 악마의 독화살처럼 느껴졌다. 원래 하느님의 사랑은 순수하고 아름다운 것이거늘 어찌 이렇게까지 타락할 수 있었단 말인가. 고결하고 위대한 사랑이란 정녕 없단 말인가. 내 청춘의 사랑도 그랬던가. 나는 비통한 심정이 되어 눈물을 흘렸다.

제2지옥에서의 여정은 이렇게 끝이 나고 우리는 다시 제3지옥을 향해 걸음을 옮기기 시작했다. 그러나 새로운 여정이 시작

---

20) 호메로스의 서사시 『일리아스』에서 나오는 그리스 최강의 전사. 트로이 왕 프리아모스의 딸 폴릭세네에게 반해 아폴론 신전에서 그녀와 결혼식을 올리려다가 매복해 있던 파리스가 쏜 화살에 발꿈치를 맞아 죽었다.

21) 트로이 왕 프리아모스의 아들로, 스파르타 왕 메넬라오스의 아내인 헬레나를 트로이로 데려오는 바람에 그리스와 트로이 간에 전쟁을 불러일으킨다.

22) 켈트 족의 전설에서 유래하는 사랑 이야기의 주인공으로, 마법의 약물을 잘못 먹는 바람에 숙모인 이졸데와 사랑에 빠지고 결국에는 불행한 죽음을 맞이한다.

23) 라벤나 영주의 딸인 프렌체스카는 리미니의 귀족 잔초토와 결혼하는데, 불구인 잔초토를 대신해 동생인 파울로가 결혼식장에 나타난 것을 계기로 형수와 시동생 간의 불행한 사랑이 싹트게 된다. 몰래 사랑을 나누던 두 사람은 결국 잔초토에게 발각되어 죽임을 당한다.

되자마자 굵은 빗줄기가 쏟아지기 시작하더니 그칠 줄을 몰랐다. 거기다 사나운 바람과 우박까지 끼쳐들었다. 우리의 앞길이 순탄치 않을 것임을 예고라도 하듯이 바닥은 진창길로 변했고, 주위의 공기는 극심한 악취를 내뿜고 있었다.

탐욕과 분노의 망령들

우리는 제3지옥의 정문 앞에 도착했다. 정신을 차릴 수 없을 정도의 세찬 빗줄기와 악취는 여전했다. 잠시 정신을 가다듬고 망루를 바라보니 거기 이 지옥의 파수꾼 케르베로스가 서 있었다. 그 모습이 자못 괴상했다. 머리가 세 개에 뱀처럼 긴 꼬리를 달고 있었으며 눈에서는 시퍼런 불꽃이 이글이글 타올랐다. 그런 무서운 눈으로 이곳에 갇힌 망령들이 도망가지 못하도록 파수를 서고 있었다.

케르베로스는 이따금씩 맘에 안 드는 망령들이 있으면 사납게 으르렁거리면서 날카로운 발톱으로 할퀴고 물어뜯었다. 사지가 갈기갈기 찢어져 너덜너덜해진 망령들은 억수같이 쏟아지는

빗속에 그대로 내동댕이쳐졌다. 겁에 질린 망령들은 이 괴물 개를 피해서 이리저리 바삐 움직이느라 정신이 없었다.

스승님과 내가 제3지옥에 도착했을 때의 상황은 대충 이러했다.

이곳은 무슨 저주를 받았는지 영원히 비가 내리는 축축하고 음산한 비의 나라처럼 보였다. 그 빗속에서 우리가 모습을 나타내자 케르베로스는 세 개의 목구멍을 한껏 벌리고 송곳니를 드러낸 채 으르렁거리며 우리를 막아섰다. 스승님은 기다리고 있었다는 듯이 흙을 한 줌 쥐어 그놈의 아가리에 처넣었다. 그러자 금방이라도 달려들 것처럼 맹렬한 기세를 과시하던 케르베로스는 곧 잠잠해졌다.

지금껏 그놈에게 시달려 왔던 망령들도 일단 안심이 되었는지 진창 바닥 여기저기에 털썩 주저앉아 긴 한숨을 내쉬었다. 더러는 무엇이 그리 원통한지 통곡하는 자도 있었고, 머리를 쥐어뜯으며 탄식하는 자도 있었다. 아예 드러누워 꼼짝하지 않는 망령들도 많았다. 그래서 발걸음을 옮기기 힘들 지경이었다.

스승 베르길리우스에 따르면, 이 망령들은 육체의 형상을 가지고 있으나 무게는 없었다. 그래서 좀 거치적거리기는 하겠지만 막 밟고 지나가도 괜찮았다. 우리는 억수처럼 퍼붓는 빗줄기를 뚫고 망령들을 밟으며 앞으로 나아갔다. 한참을 그렇게 걷고 있을 때 죽은 듯이 누워 있던 망령 하나가 벌떡 몸을 일으켜 내 앞으로 나서며 말을 걸어왔다.

"그대 이 지옥의 순례자여, 그대는 나를 알아볼 수 있겠소? 내 기억이 정확하다면 그대는 내가 여기 오기 전에 태어났었지. 나와 같은 피렌체에 살았을 테고. 그렇지 않은가?"

그러나 아무리 생각을 해봐도 나는 그 망령을 보았던 기억이 나지 않았다. 아마도 망령은 나를 제 고향 피렌체 사람으로 알고 반가운 마음에 말을 걸어온 것 같았다. 나는 기억이 나지 않는다고 대답하면서 물었다.

"당신은 대체 누굽니까? 왜 이곳에서 비를 맞으며 끔찍한 고통의 형벌을 받고 있는지요?"

그러자 망령이 입을 열어 말했다.

"자루가 넘칠 만큼 질투로 그득그득한 그대의 도시[24]에서 난 평온한 삶을 살았다오. 그곳 사람들은 나를 치아코[25]라고 불렀소. 아무리 먹어도 배가 고픈 돼지처럼 만족을 몰랐기 때문이지. 남에게 베풀지 않고 그악스럽게 탐욕을 부렸으니 치아코라고 불러도 할 말은 없었소. 이곳에 있는 망령들은 다 나처럼 탐욕의 죄를 짓고 그치지 않는 빗줄기 속에서 고통을 당하고 있는 것이라오."

치아코는 이렇게 말하고는 말을 끊었다. 배가 불러 숨쉬기가

---

24) 피렌체.

25) Ciacco. 이름인지 별명인지는 불분명하지만, '돼지'라는 말처럼 경멸적인 뜻을 담은 별명으로 흔히 해석된다.

어려운 듯 헐떡거리며 긴 한숨을 토해냈다. 그가 겨우 좀 진정되는 기미를 보이자 나는 그의 처지에 진정으로 동정심을 표했다. 그리고 같은 고향 사람으로서 피렌체의 사정을 물었다. 피렌체 시민들이 시기와 모함으로 분열되고 서로 파당을 만들어 이전 투구를 하고 있는 이유와 전망을 묻자, 그가 다시 긴 한숨을 토해내며 말했다.

"지금까지 피렌체는 두 개의 큰 파당으로 갈려 양 세력이 권력을 독점하기 위한 싸움을 벌여 왔다오. 그 와중에 수많은 시민들이 피를 흘리며 죽어갔지요. 문제는 여기서 그치지 않고 앞으로도 수년간 이러한 권력 다툼을 위한 정쟁이 끝나지 않을 것이라는 점이오. 이런 망할 놈의 비극이 어디 있겠소. 혹시 모르니 그대도 조심하는 게 좋을 것이오."

나도 한숨이 나왔다. 어쩌다가 피렌체의 정치 상황이 이토록 나락으로 떨어졌는지. 정녕 이 혼란을 수습하고 다시 피렌체의 공화정을 일으켜 세울 정의로운 정치가는 없단 말인가. 나는 치아코에게 내가 알고 있던 정치가들인 파리나타[26]와 테기아이오[27] 등은 지금 어디에 있는지를 물었다. 그들은 한때 한 당파의 수뇌

---

26) 교황을 지지하는 겔프당과 신성로마황제를 지지하는 기벨린당이 대립하는 피렌체 정가에서 1239년 겔프당의 리더가 되었으며, 1258년 기벨린당과의 권력 투쟁에서 패해 피렌체에서 추방된 이후 사망했다.

27) 교황 지지파에 속하는 인물.

로서 피렌체를 위해 정열을 바쳤던 정치가들이었다. 나는 그들의 행방이 궁금했던 것이다. 치아코는 주저 없이 대답했다.

"그들은 저 아래 있소. 우리보다 죗값이 더 무거운 게지요. 아마 이곳을 지나 아래로 내려가다 보면 만날 수도 있을 것이오. 그들이 지은 죄의 업보가 무겁기 때문에 밑바닥까지 내려가게 된 거요. 인과응보인 것을 어쩌겠소. 아, 그리고 한 가지 부탁을 해야겠소. 그대가 이 지옥의 순례를 마치고 지상으로 돌아가면 부디 내 고향 피렌체 친구들에게 안부를 전해주기 바라오. 나는 고향에 대한 사무치는 그리움으로 잠을 못 이루고 가슴이 찢어지는 슬픔으로 날을 지새우고 있다오. 부디 내 부탁을 잊지 말아주길 바라오."

나는 치아코에게 꼭 그렇게 하겠다고 약속했다. 치아코는 그제야 마음이 놓였는지 그 자리에 마른 검불처럼 힘없이 쓰러져 다른 망령들과 뒤섞였다. 그러자 아직까지 아무 말씀이 없던 스승님께서 모처럼 입을 열었다.

"아마 저들은 다시 일어나지 못할 걸세. 최후의 심판 날 천사의 나팔소리가 울려 퍼질 때까진 말일세. 그때가 되면 이 지옥의 망령들은 무덤의 골짜기에서 다시 육체를 되찾고 하느님의 영원한 심판을 받게 되겠지."

스승님께서는 이렇게 말을 마치고는 빗물과 망령들이 뒤엉켜 엉망진창인 길을 헤치고 나아가기 시작했다. 나는 스승님의 뒤를 따라가며 궁금해서 여쭈었다.

"스승님, 하느님의 최후의 심판이 내려진 다음에 망령들의 고통은 끝이 나는 것입니까? 아니면 지금과 마찬가지로 여전히 고통의 질곡에 파묻혀 있어야 하는 것입니까?"

"자네가 배운 것[28]이 무엇인가. 완전해질수록 기쁨이든 고통이든 더 뚜렷해지는 법 아닌가. 이 저주받은 망령들은 결코 완전에 이르지는 못할 것이지만, 지금보다는 그것에 가까워질 수 있겠지."

나는 스승님과 걸어가면서 많은 이야기를 나누었다. 그것은 인간의 기쁨과 고통에 대한 이야기였다. 그렇게 한참을 이야기하며 아래로 내려가다 보니 문득 한 괴물이 우리 앞을 가로막고 나섰다. 바로 제4지옥의 문지기인 플루톤이었다.

---

28) 스콜라 철학의 이론. 이에 따르면, 최후의 심판 뒤에 저주받은 영혼들의 고통은 더 뚜렷해지고 축복받은 영혼들의 행복은 보다 커지게 된다.

제7곡

벌거벗은 진흙탕 속의 망령들

"오오, 사탄이여. 이 지옥의 왕 사탄이여, 저 살아 있는 영혼에게 저주를 내려주시기를!"

나를 발견한 플루톤은 내가 살아 있는 인간이라는 사실에 놀란 나머지 지옥의 왕 사탄에게 도움을 요청하고 있었다. 그때 스승 베르길리우스가 나서며 플루톤의 얼굴에다 대고 냅다 소리쳤다.

"닥쳐라. 이 저주스런 탐욕의 화신이여! 그대는 탐욕의 대가를 치르게 될 것이다. 그때는 알게 되리라. 자신의 분노로 그대 육신을 불태워버렸다는 것을. 또한 그대는 아무리 사탄의 힘을 빌리더라도 우리의 앞길을 막을 수가 없으리라. 우리가 가는 길

은 하느님과 성 미카엘 천사가 인도하기 때문이지. 우리는 이 지옥의 곳곳을 빠짐없이 순례하며 죗값에 따라 그에 알맞은 형벌의 고통을 받고 있는 망령의 무리들을 보게 될 것이다. 이것이 하느님의 뜻이거늘 그대가 어찌 감히 우리의 길을 막을 수 있단 말인가."

스승님의 당찬 일갈에 플루톤은 움찔했다. 그러고는 망망대해의 쪽배가 거대한 폭풍우에 힘없이 난파되듯이 기세가 한풀 꺾이며 주저앉았다. 스승님과 나는 망설임 없이 제4지옥의 더 아래쪽을 향해 발걸음을 재촉했다.

이곳에도 역시 수많은 망령들이 모여 있었다. 그 모습이 어찌나 기괴하던지 나는 경악을 금치 못했다. 그들은 거대하게 소용돌이치는 좁은 해협의 파도가 솟구쳤다 부서지듯이 저마다 감당할 수 없는 무거운 짐을 가슴에 안은 채 필사적으로 앞으로 나아가고 있었다. 그 무거운 짐은 세상에서 그들이 쌓아온 재물과 같은 것이었다. 그들은 흔히 구두쇠나 수전노로 불리는 망령의 무리들과 사치와 낭비에 빠져 인생을 탕진한 망령의 무리들이었다.

이 두 무리들은 서로에게 삿대질을 하며 악다구니를 주고받았다. 서로 아픈 구석을 찌르며 상대를 폄하하고 욕보이는 짓거리였다. 둘 다 서로 죽일 듯이 물어뜯고 싸우고 있지만 자승자박이었다. 그러한 모습을 바라보던 나는 인간에 대한 혐오와 연민 때

문에 말문이 막히고 눈물이 났다. 그러자 베르길리우스가 다가와 어깨를 감싸 쥐고 등을 토닥이며 나를 위로했다.

"원래 죄는 먼지처럼 가볍다네. 그래서 그 두께를 알기가 어렵고 무게 또한 느끼기 어렵지. 그 때문에 이곳에 있는 망령들은 자신의 몸보다 죄가 몇 배나 무거워질 때까지 그것을 깨닫지 못하고 살다가 끝내는 이곳으로 끌려와 저리 고통을 당하고 있는 것일세."

망령들 중에는 일반 사람들은 물론 이른바 성직자라는 자들도 있어 나를 놀라게 했다. 재물을 탐하는 성직자라니 상상하기 힘들었다. 더욱이 생전에 추기경이나 교황이었던 자들도 있었다. 그들은 신도의 재물을 모아 올바른 곳에 쓰지 않고 사사로이 쓰거나 사치와 낭비를 일삼아 왔던 자들이었다. 그런가 하면 돈과 재물을 너무 사랑한 나머지 닥치는 대로 부를 쌓고 허영에 빠져 주위에 베풀 줄 몰랐던 사람들도 이곳에서 고통을 받고 있었다.

이런 망령의 무리들이 지옥에 떨어져서도 일말의 반성이나 뉘우침도 없이 서로 잘났다고 손가락질을 하며 으르렁거리고 있는 모양새는 참으로 꼴불견이었다. 그들은 생전에도 남들을 업신여기며 자신의 재물을 뽐냈을 것이다. 자랑할 게 없으니 자신의 탐욕을 자랑하는 구제불능의 한심한 영혼들이었다. 그들은 하느님의 공의로운 뜻을 거역하고 탐욕에 찌들어 인생을 탕진한 죄 많은 탕아들이었기에 이곳에서 영원히 벗어날 수 없는 고통에 신음하고 있는 것이다.

이제 다시 길을 재촉할 때가 되었는지 스승님이 조용히 앞장서 걸음을 옮기기 시작했다. 우리는 제5지옥이 있는 골짜기를 향해 내려가 시냇물이 흐르는 한 기슭에 이르렀다. 그 시냇물을 따라가자 꽤 큰 도랑이 나왔는데, 그곳에서는 용암이 분출하듯 물이 부글부글 끓어넘치고 있었다. 물은 탁하고 거무스름했으며 몹시도 역겨운 악취를 풍겼다. 도랑물은 이윽고 벼랑 아래에 있는 스틱스[29]라는 이름의 늪으로 떨어져 내렸다.

우리는 다시 골짜기를 타고 내려와 늪에 이르렀다. 가만히 보니 늪 속에는 온통 진흙으로 칠갑을 한 망령들이 허우적거리며 원수마냥 서로 치고받고 싸우고 있었다. 그들은 하나같이 전부 발가벗겨진 알몸이었는데 그 광경이 참으로 목불인견이었다. 나는 눈살을 찌푸리며 외면했다. 그러자 스승님이 한 말씀하시는 것이었다.

"자네도 보았겠지. 저들을 어찌 인간이라고 할 수 있겠나. 서로 물어뜯는 짐승만도 못한 인간 군상들을 잘 보아두게나. 늪위로 거품이 부글부글 끓어오르는 게 보이는가. 그건 저 짐승

---

29) 그리스 신화에서 저승세계의 입구에 있다고 알려진 강. 단테는 이 강을 하부 지옥의 성벽을 해자처럼 감싸는 늪으로 묘사하고 있다.

같은 망령들의 한숨소리라네. 목구멍까지 진흙이 가득 차 있으니 그런 게야. 저들은 태양 아래서도 생전에 불만과 분노로 제 영혼을 갉아먹던 자들이네. 그 버릇을 못 버리고 이 지옥의 늪에 떨어져서도 끝없이 투덜거리며 중얼거리고 있는 거지. 비록 우리가 알아들을 수는 없지만 말일세. 부글거리는 거품이 터질 때마다 무슨 소리가 들리는 것 같지 않은가."

　스승님의 말씀을 듣고 보니 한시라도 빨리 이곳을 벗어나고 싶었다. 다시는 보고 싶지 않은 광경을 뒤로 하고서 늪가를 벗어나 한참을 걸은 끝에 우리는 까마득한 성벽 위로 뾰족탑이 보이는 곳에 도착했다.

제8곡

디스의 성 아래서

가까이 다가가자 성벽 위 뾰족탑에서 두 개의 횃불이 타오르는 모습이 먼저 눈에 들어왔다. 그런데 좀 더 자세히 살펴보니 그 횃불에 응답하듯 다른 불빛 하나가 저 멀리서 안개를 뚫고 신호를 보내는 것이 아닌가. 나는 궁금해서 스승님께 여쭈었다. 그러자 베르길리우스는 조금 기다리면 자연히 알게 될 것이니 잠자코 있으라는 듯이 저 아래쪽 불빛을 향해 눈길을 던졌다.

바로 그때 안개에 휩싸인 강물 위로 희미하게 모습을 드러내는 물체가 있었다. 한 척의 나룻배였다. 나룻배이긴 했지만 그 속도가 어찌나 빠르던지 눈 깜짝할 사이에 우리 눈앞에 모습을 드러냈다. 나룻배에는 우람한 체구의 뱃사공이 떡하니 버티고 서서 우리를 향해 냅다 소리를 질렀다.

"이 망할 놈의 망령들아, 네놈들은 또 어디서 온 떨거지들이란 말이냐. 어서 썩 물러가지 못할까!"

목소리가 우렁차고 사뭇 기백에 넘치는 모습에 나는 주춤하고 물러섰다. 스승 베르길리우스가 나서서 응답했다.

"플레기아스[30]여, 그렇게 초면부터 큰소리는 내지 말게. 우리는 그대와 아무런 원한도 없다. 그리고 그대가 할 일은 객들을 배에 태우고 강을 건네주는 게 아닌가. 우리는 사사로운 목적으로 온 게 아닐세. 이게 다 주님의 뜻임을 안다면 어서 우리를 배에 태워주길 바라네."

스승님께서 주님의 뜻 운운하자 플레기아스도 한풀 꺾였는지 군소리 없이 우리를 받아주었다. 잠시 출렁거리던 나룻배는 여느 때보다 더 깊이 물살을 가르며 죽음의 늪을 가로질러 나아갔다. 그리고 늪의 중간쯤 이르렀을 때 느닷없이 진흙투성이 망령 하나가 불쑥 솟아올라 배를 막으면서 소리쳤다.

"살아 있는 육신을 갖고 이곳에 온 그대는 대체 누구란 말인가. 이런 일이 어떻게 일어날 수 있단 말인가. 아직 한 번도 없던

---

30) 전쟁의 신인 아레스의 아들로, 자신의 딸 코로니스를 농락한 태양의 신 아폴론에게 복수하려고 그 신에게 바쳐진 델포이 신전을 불태웠다. 이처럼 신에게 대적하여 결국 아폴론에게 죽임을 당하였다.

일이니 내 묻지 않을 수가 없구나."

내가 모처럼 스승님을 제치고 앞에 나서며 말했다.

"물론 그대의 말이 맞다. 허나 이곳에 오래 머무르지는 않을 것이다. 그건 그렇고 그대의 몰골이 흉측하기가 말이 아닌데 대체 그대는 뉘신가?"

"나를 모르겠는가. 이곳에서 울고 있는 이 망령의 얼굴을 잘 보시오."

내가 가만히 보니 아닌 게 아니라 낯이 익었다. 비록 진흙투성이여서 뚜렷하게 이목구비가 드러나지는 않았지만 그는 피렌체에서 내가 봤던 필리포 아르젠티였다. 그는 스스로 위대하다 여길 만큼 심성이 거만해서 아무도 가까이 지내려 하지 않은 자였다.

내가 자기를 알아본 것을 눈치챘는지 필리포의 망령은 얼른 뱃머리를 움켜잡으려고 손을 뻗었다. 미리 그런 낌새를 알아채고 있던 스승님이 앞발을 번쩍 들어 손을 밀쳐버렸다. 그래서 그 망령은 늪 한가운데로 다시 굴러 떨어졌다. 그러자 기다렸다는 듯이 늪 속에서 또 다른 진흙투성이 망령들이 나타나 그의 사지를 찢어발겼다. 끔찍한 고통으로 울부짖던 망령은 분노를 참지 못해 이빨로 제 몸을 마구 물어뜯기 시작했다. 일찍이 본 적 없는 처참한 광란의 아비규환이었다.

이렇게 한바탕 소란을 겪은 후에도 우리는 죽음의 늪을 좀 더 지나야만 했다. 마침내 스승님께서는 우리가 디스[31] 성에 가까이 왔음을 일러주었다. 저 멀리 시뻘건 불길이 보였다. 그 불길을 좇아 나룻배는 깊은 죽음의 골짜기를 향해 나아갔고 한참 후에야 어떤 기슭에 다다르게 되었다. 그때까지 한 마디도 없었던 뱃사공 플레기아스가 힘찬 목소리로 배에서 내릴 것을 요구했다.

"자, 다 왔소. 어서들 내리시오. 여기가 성의 입구니 어서들 내리란 말이오. 나도 바쁜 몸이올시다."

원래 디스 성은 하늘에서 추방당한 타락 천사들이 모여 사는 지옥의 중심부였다. 우리가 배에서 내려 바라본 성벽은 마치 철벽을 두른 것 같은 위용을 자랑하고 있었는데, 성벽 위에서는 악마들이 잔뜩 모여들어 화를 내면서 소리쳤다.

"누구냐? 대체 누구기에 멀쩡하게 살아서 이 죽음의 골짜기를 지나가려고 하느냔 말이다."

이번에는 스승님이 나섰다. 내가 나서 봐야 시간만 지체되고 말싸움만 길어질 것을 염려하신 모양이었다. 스승님은 나를 뒤에 남겨둔 채 성문 앞으로 나아가 문을 열어 줄 것을 설득했다. 그러나 악마들은 성문을 굳게 잠근 채 끄떡도 하지 않았다. 저

---

31) 본래 이름은 디스 파테르로 '부(富)의 아버지'라는 뜻을 가진다. 로마 신화에서 지하 세계를 관장하는 신으로, 그리스 신화의 하데스 또는 플루톤에 해당하는데, 여기서는 타락한 천사들의 우두머리인 마왕 루시퍼 또는 그가 사는 하부 지옥을 가리킨다.

들의 요구는 스승님만 들어올 수 있다는 것이었다. 나처럼 살아 있는 인간은 절대 들어올 수 없다고 고집을 부렸다. 나는 스승 님께서 나를 남겨두고 혼자 가시지는 않을 것이라는 믿음이 있 었지만, 저들의 요구가 워낙 강경했기 때문에 겁이 벌컥 났다. 이 지옥에 나 혼자 남겨질지도 모른다는 불길한 생각이 순간 엄습 했다.

베르길리우스는 저들과 실랑이 끝에 소득 없이 돌아와 겁에 질려 떨고 있는 나를 보며 말했다.

"자네는 걱정 말게나. 우리의 앞길은 그분[32]께서 정하신 바라 어느 누구도 막을 수가 없을 테니까. 굳건한 믿음을 갖고 기다 려보세. 저들이 이렇게 막무가내로 나오는 것은 그리 새삼스러 운 일도 아니지. 예전에 여기보다 더 바깥의 문[33]에서도 그랬는 데, 그 문은 지금도 열려 있다네. 자네는 그 문 위에 적힌 죽음 의 글귀를 이미 보았지. 그곳을 통과해 가파른 길을 거침없이 내 려오는 분이 계시니, 그분이 이 성문을 열어 주실 것이네."

---

32) 하느님.

33) 지옥 입구의 문. 림보의 성현들을 구하러 내려온 예수 그리스도가 그 문을 부수고 저항 하는 악마들을 제압하였다.

복수의 세 마녀

나는 스승님의 말씀을 듣고 나서야 안심이 되었다. 얼마나 초조하고 불안했으면 손바닥에 땀이 질척했겠는가. 그러나 스승님의 말씀대로 정말 하느님의 사자가 오기는 오는 것인지 회의가 들었다. 어떻게 길잡이도 없이 홀로 하늘나라에서 연옥을 거쳐 지옥의 골짜기들을 지나 여기까지 올 수 있단 말인가. 내가 그렇게 회의에 빠져 다시 불안해할 때 스승님이 나섰다.

"하느님의 사자는 반드시 올 테니까 너무 걱정하지 말게. 우리가 누구인가. 하느님과 성모 마리아와 베아트리체의 보살핌을 받아 이 지옥의 여정을 시작하지 않았던가."

하긴 그랬다. 그렇지 않았다면 감히 상상이나 할 수 있었겠는

가. 지금까지 그 누구도 시도한 적이 없는 고난에 찬 여정이고, 아무도 가보지 않은 전대미문의 길이었다. 여태껏 살아 있는 육신을 갖고 제1지옥에서 제9지옥에 이르는 지옥을 순례한 자는 없었다. 그런데 스승님께서는 우리가 능히 모든 시련을 극복하고 이 고난의 길을 갈 수 있다고 말하고 있었다. 아울러 개인적인 경험을 덧붙여서 말씀하셨다.

"아주 예전의 일이었네. 아마 내가 육신의 옷을 벗어버리고 막 림보에 도착했을 때였네. 그때 나는 이곳을 한 번 지나간 적이 있다네. 물론 내 자의로 그랬던 것은 아니었지. 자네도 들어봤을 걸세. 에리톤[34]이라고 마술을 부리는 무녀가 있었지. 나는 그녀의 마법에 걸려 그리스도를 배신한 유다가 있는 지옥[35]에 갔었네. 그곳은 하늘나라로부터 가장 멀고, 무시무시한 어둠과 공포와 전율에 뒤덮인 곳이었네. 비록 마법에 걸려 갔던 길이기는 하지만 어쨌든 한 번 지나간 적이 있으니 이번에도 잘 될 걸세."

그때 성벽 위 뾰족탑 위로 세 악녀[36]가 홀연히 모습을 드러냈다. 그녀들은 저마다 초록색 뱀을 허리띠처럼 두르고 있었고, 머

---

34) 그리스 테살리아 지방의 여자 마법사로, 파르살로스 전투의 결과를 알려달라는 폼페이우스의 부탁을 받자 어느 죽은 병사의 혼을 저승에서 불러냈다고 한다.

35) 가장 깊숙한 곳에 있는 제9지옥.

36) 그리스 신화에서 에리니스로 불리는 복수의 여신들.

리 역시 머리카락 대신 가느다란 실뱀들이 뒤엉켜 얼굴까지 늘어져 있었다. 그 모습 자체가 공포감을 불러일으켰다. 베르길리우스는 저들이 바로 영원한 탄식의 여왕[37]을 섬기는 시녀들이라고 일러주었다.

"잘 보게나. 지금 오른쪽에서 울고 있는 여인이 알렉토[38]라네. 가운데 여인은 티시포네,[39] 그리고 왼쪽에 있는 여인은 메가이라[40]일세."

우리가 쳐다보고 있는 동안에도 그녀들은 날카로운 쇳소리로 고함을 지르면서 서로의 가슴을 손톱으로 찢고 손바닥으로 때리고 있었다. 나는 그만 겁을 집어먹고 스승의 뒤로 물러났다. 그때 한 악녀가 우리를 내려다보며 냅다 소리쳤다.

"오늘 저 두 놈들에게 이 세상 마지막 선물을 안겨주자. 어서 메두사를 불러 돌로 만들어버리자. 전에 테세우스가 쳐들어왔을 때 복수를 못 했으니 오늘이야말로 끝장을 내버리자꾸나."

그 증오에 찬 소리를 듣자마자 스승님께서는 얼른 나에게 돌아서 눈을 감고 있으리라고 급박하게 명령했다. 만일 고르곤[41]

---

37) 지하 세계를 다스리는 하데스(또는 플루톤)의 아내 페르세포네.
38) 복수의 여신들 중 막내로, 욕망을 의미한다.
39) 복수의 여신들 중 맏이로, 복수를 의미한다.
40) 복수의 여신들 중 둘째로, 질투를 의미한다.
41) 그리스 신화에 나오는 스텐노와 에우리알레, 그리고 메두사 등 세 자매 괴물로, 머리카락이 온통 뱀으로 이루어진 여자의 모습을 하고 있다.

이 진짜 나타나 그의 눈에 띄는 순간에는 누구든지 돌로 변해 버린다는 말씀이었다. 스승님은 나를 돌아서게 한 뒤에 자신의 손으로 내 눈을 가려 주었다.

그리고 얼마 안 돼 나는 지축이 흔들리고 태풍이 휘몰아치는 소리를 들었다. 뜨거운 기운들이 재촉하고 폭주하는 격렬한 바람의 소리, 숲을 헤집으며 가지들을 부러뜨려 멀리 날려버리는 거친 바람의 소리, 거대하고 자욱한 흙먼지를 일으켜 목동과 짐승들을 달아나게 만드는 사나운 바람의 소리를 들으며 나는 온몸을 덜덜 떨었다. 시간이 얼마나 지났을까. 스승님이 내 눈을 가린 손을 풀어주면서 말씀하셨다.

"자, 이제 돌아서도 좋네. 저기 안개에 뒤덮인 수면 위로 물거품이 일어나는 것이 보이는가. 잘 보게나. 내가 말한 대로 성문이 곧 열리게 될 걸세. 우리의 시련은 끝났네. 저기 세 마녀와 수많은 악마들이 추풍낙엽처럼 흩어져서 미친 듯이 도망가는 것이 보이지 않는가."

과연 스승님의 말씀은 한 치의 거짓도 없었다. 한바탕 요란한 태풍이 지나가고 사방이 잠잠해지면서 저 멀리 안개와 바람을 헤치고 홀연히 다가오는 하늘나라의 사자가 있었다. 그는 저주받은 지옥의 늪 스틱스를 몸에 물 한 방울 묻히지 않고 건너오고 있었다.

우리는 예를 갖춰 경건하게 사자에게 고개를 숙였다. 사자는 성문 앞에 이르러 지팡이를 들어 성문을 내리쳤다. 그리고 마침내 디스의 성문이 열렸다. 사자의 위엄 앞에 아무도 나서는 자가 없었다. 우리의 앞길을 가로막고 의기양양하던 성벽 위의 수많은 악마들도 자취를 감추었다.

하늘의 사자는 이렇게 우리의 앞길을 열어 주고는 표표히 사라졌다. 스승님과 나는 그의 뒷모습을 망연히 넋을 놓고 바라보다가 성문 안으로 발걸음을 옮기기 시작했다.

제10곡

파리나타의 불길한 예언

좁은 길을 따라서 우리는 성내로 진입했다. 도성 안 중앙대로의 양쪽에는 드넓은 벌판이 펼쳐져 있었다. 그곳에는 안개가 자욱했고 음산한 죽음의 냄새가 풍겨왔다. 역시나 안개가 걷힌 후 살펴보니 다름 아닌 공동묘지였다. 크고 작은 무덤들에는 봉분이 파헤쳐져 있었고, 그 속에서 단말마의 울부짖음과 함께 시뻘건 불꽃이 널름거리고 있었다. 지금까지도 그랬지만 참으로 괴이한 광경이었다. 내가 물었다.

"스승님, 저 파헤쳐진 무덤 속에서 울부짖고 있는 자들은 무슨 죄를 지은 자들입니까?"

스승님은 저들이 하느님을 믿지 않고 우상을 섬긴 이교도의

우두머리들과 그 추종자들이라고 일러주었다. 아울러 그 수가 엄청나게 많을 뿐 아니라 그들이 당하는 고통도 상상을 초월한다고 했다. 우리는 불꽃을 널름거리는 수많은 무덤들 사이를 걸으며 그 끔찍한 광경에 몸서리를 쳤다.

"그런데 스승님, 여기 무덤들은 언제까지 이렇게 파헤쳐진 채로 열려 있어야 하는지요?"

"아마도 한참을 그렇게 있어야 할 걸세. 저 위에 두고 온 육신을 되찾아 여호사밧[42]에서 이곳으로 돌아올 때에야 비로소 닫히게 되겠지. 여기에는 에피쿠로스와 그 추종자들의 무덤도 있는데, 자네도 알다시피 그들은 육신과 함께 영혼이 죽는다고 믿지 않았는가. 허나 전능하신 하느님 앞에서는 한낱 요설에 불과한 믿음일 뿐이었지."

나는 묵묵히 고개를 끄덕이다가 조심스레 입을 열었다.

"스승님, 외람된 부탁이지만 저 무덤 속을 한번 들여다봐도 되겠습니까? 무척 겁나기는 하지만 갑자기 무덤 속이 궁금해서 말이지요."

"구태여 그리하지 않아도 자네의 바람은 곧 이루어질 걸세. 그리고 아직 나에게 말하지 않은 소망[43] 역시 채워질 거네."

---

42) 예루살렘 근처의 계곡으로, 최후의 심판일에 모든 영혼들이 여기에 모여서 자신의 육신과 재결합한다고 한다.
43) 단테는 고향 피렌체 사람을 만나고 싶어한다.

스승님의 예언대로 나의 바람과 소망이 어찌 충족될지 기대하면서 나는 불꽃이 사방에서 널름거리는 무덤 사이를 스승과 함께 지나가고 있었다. 그때 내 귀에 낯익은 고향 사투리가 들려왔다. 무덤 한가운데서 홀연히 몸을 일으켜 피렌체 사투리로 말을 걸어오는 자가 있었던 것이다.

"지금 내 앞으로 걸어가는 그대는 누구신가? 어찌하여 그대는 살아 있는 육신을 가지고 이 불구덩이 무덤을 지나가려 하오. 내 그대 말투를 들으니 내 고향 피렌체 출신 같은데…… 그렇지 않소? 만약 그렇다면 부디 잠깐이나마 이곳에 머물러 내 얘기를 들어주시오."

내가 깜짝 놀라 주위를 두리번거리자 스승님께서 내게 말하는 것이었다.

"저쪽을 보게. 저기 몸을 일으켜 자네에게 말을 거는 저자는 파리나타[44]가 아닌가. 이젠 자네가 직접 이야기를 나눠보게나. 얼마 만에 만난 고향 사람인가. 나는 잠자코 구경이나 하고 있겠네."

스승님이 가리키는 곳을 바라보니 정말 파리나타가 무덤 사이에서 상반신을 일으킨 채 얼굴을 꼿꼿이 쳐들고 있었다. 그가 나를 보고 물었다.

---

44) 각주 26)의 내용 참조.

"그대의 조상은 누구인가?"

나는 내 조상의 가계와 이력에 대해 하나도 숨김없이 대답해 주었다. 내 말을 다 듣고 난 후에 파리나타는 원수를 만난 듯이 못마땅한 표정을 지었다.[45] 그러고는 지난 정치적 격변기에 자신이 우리 집안을 두 번[46]이나 추방했던 일들을 자랑스럽게 떠벌렸다. 나는 모욕을 느끼고 화가 나서 버럭 소리를 질렀다.

"우리는 쫓겨났어도 다시 돌아왔지만 당신네는 그런 기술을 배우지 못했지요."[47]

그러자 이번에는 바로 옆 무덤에서 망령 하나[48]가 윗몸을 일으켰다. 그는 내가 누구와 함께 왔는지 보려는 듯 주위를 두리번거렸다. 그러고는 울먹이며 말했다.

"자네는 피렌체의 자랑 단테가 아닌가. 대체 자네는 무슨 권능이 있어 이 지옥을 여행하고 있지? 내 아들은 어디에 있는가? 왜 함께 오지 않았나?"

내가 대답했다.

"어르신을 여기서 뵙게 될 줄은 정말 몰랐습니다. 그리고 어르신, 제가 여기까지 온 것은 무슨 권능이 있어서가 아닙니다. 저

---

45) 단테가 속한 겔프당은 파리나타의 기벨린당과 적대적인 관계였다.
46) 1248년, 1260년.
47) 기벨린당 세력은 1266년 피렌체에서 추방된 이후 복귀하지 못하였다.
48) 카발칸테 데이 카발칸티. 단테의 친구이자 시인인 귀도 카발칸티의 아버지.

기 계신 제 스승님께서 인도해 주신 덕분이지요. 귀도가 경멸했던 분이랍니다."

"아, 자네 말을 들으니 불길한 느낌이 드는군. 그럼 내 아들은 죽었단 말인가?"

나는 가타부타하지 않고 잠자코 있었다. 사실 귀도는 살아 있었다. 다만 사람이 죽고 나면 이토록 세상에서 벌어지는 일에 대해 깜깜해질 수 있을까 고민하느라 대답할 기회를 놓친 것이었다. 그러자 망령은 그만 지레 절망한 나머지 단발마의 비명을 내지르며 꼬꾸라져버렸다. 그러는 사이 다시 파리나타가 말을 걸어왔다. 그는 한 당파의 우두머리답게 이곳에서도 위엄과 기개를 보여주려는 듯 허세를 떨었다. 그러고는 나에게 마지막 저주를 퍼부었다.

"이곳을 다스리는 여인[49]의 얼굴이 쉰 번 그 빛을 발하기 전에 그대는 결국 깨닫게 될 것이다. 그대가 말한 그런 기술을 배우기가 얼마나 힘든 일인지를."[50]

파리나타는 사색당파 싸움으로 서로가 서로를 죽이고 추방하는 과정에서 빚어진 오해와 진실, 그리고 앞으로 전개될 정치

---

49) 페르세포네. 하데스와 결혼하면서 저승의 여왕이 된 그녀는 달의 여신 디아나와 동일 시되기도 한다.

50) 달이 50번 차올랐다가 기울기(50개월) 전에 단테도 추방을 당할 것이라는, 그리고 고향 으로 돌아가기 어려울 것이라는 예언이다.

투쟁에서 내가 속한 정파가 패배할 것이라는 예언과 함께 그런 저주를 퍼부었다. 그 전에 그는 자신이 왜 그토록 정치적으로 핍박을 받아야 했는지 억울함을 토로했다.

그러나 나는 여기까지 와서 그와 정치적 견해를 놓고 싸울 생각이 없었다. 그건 옆에 계신 스승님에게 부끄러운 처사이기도 했고, 무엇보다 한때 내가 몸담았던 파당의 정치적 싸움에 진절머리가 나기도 했기 때문이다. 나는 그저 옆에 쓰러진 망령에게 그의 아들이 아직 살아 있다는 말을 전해 달라는 부탁만 하고는 입을 닫았다. 내가 침묵하자 파리나타는 어느새 무덤 속으로 사라져버렸다.

나는 스승 베르길리우스가 있는 쪽으로 걸음을 옮겨가면서 물었다.

"스승님, 파리나타의 예언이 실현될까 두렵습니다. 저자의 예언이 무슨 근거가 있는 것입니까?"

베르길리우스는 미리 속단해 불안해하지 말라고 말하면서 나를 위로했다.

"장차 맑고 아름다운 영혼[51] 앞에 서면 자네 운명에 대해 분명히 알게 될 것이네. 그때까지는 조급해하지 말고 우리의 여정을 계속 밀고 나아가야 하겠지."

---

[51] 베아트리체.

스승님은 말을 마치고 무덤들 사이를 빠져나와 성벽에서 떨어진 한갓진 길로 발길을 옮겼다. 그 길 아래쪽은 더 깊은 골짜기로 이어지고 있었는데, 벌써부터 골짜기 아래로부터 기분 나쁜 악취가 바람을 타고 올라오고 있었다.

지옥의 하부구조

우리가 비좁은 오솔길을 걸어 바위투성이 벼랑 끝에 이르렀을 때, 밑을 내려다보니 처참한 몰골을 한 망령들이 득시글거리고 있었다. 우리는 바람을 타고 올라오는 악취에 숨이 막힐 지경이었다. 그래서 악취를 피하기 위해 어느 거대한 무덤의 봉분 뒤로 잠시 몸을 피했다. 무덤에는 묘비명이 있었는데 다음과 같이 씌어 있었다.

〈여기 포티누스에게 이끌려 바른 길에서 벗어난 교황 아나스타시우스[52]를 내가 지키노라〉

---

52) 아나스타시우스 2세. 예수의 신성만을 인정했다는 의심을 받아 전임 교황으로부터 파문당한 동방 교회의 아카키우스 총대주교와 그 추종자인 포티누스 부제에 우호적인 태도를 보임으로써, 후대에 가톨릭교회를 혼란케 만든 배교자라는 비판을 받았다.

우리는 악취가 걷힐 때까지 좀 쉬었다 가기로 했다. 베르길리우스는 그 틈을 이용해 내게 지옥의 하부구조에 대해 설명해 주었다.

"이 골짜기 아래로 내려가면 점점 좁아지는 원통형으로 이루어진 세 개의 지옥이 나온다네. 저주받은 죄 많은 망령들이 형벌의 고통으로 몸부림을 치고 있는 곳이지. 그들이 지은 죄는 여러 가지이지만 그중에서도 남을 기망하고 속이는 죄로 인해 고통을 받고 있는 거라네."

나는 스승님께 제7지옥에 갇혀 있는 망령들에 대해 물었다.

"첫 번째 지옥에는 폭력을 휘둘러 사람을 죽이거나 상해를 입힌 자들이 갇혀 있다네. 또한 두 번째 지옥에는 자기 자신에게 폭력을 행사한 자들인데, 자살을 하거나 자해를 저지르거나 노름으로 인생을 탕진한 경우일세. 결국은 그 대가로 몸부림치며 후회의 눈물을 흘리고 있지. 그리고 세 번째 지옥에는 하느님을 깔보거나 업신여긴 자들이 갇혀 있네. 이들 역시 하느님의 공의를 부정하고 모독한 죄로 고통을 받고 있지. 덧붙이자면 부정한 방법으로 타인의 재산을 강탈한 고리대금업자들도 여기서 그 죗값을 치르고 있다네."

제7지옥에 대한 설명을 마친 베르길리우스는 제8지옥과 제9지옥에 대해서도 간략하게 설명해 주었다. 제8지옥에는 양심과 정의를 저버린 위선자, 남의 물건을 훔친 도둑들, 성스러운 성직

을 돈으로 사고 판 자들, 더러운 포주들이 갇혀 있는데, 이들은
모두 최소한의 인간적인 양심과 신의를 저버린 악의 무리들이었
다. 가장 깊은 지옥인 제9지옥에는 그 모든 반역자의 무리들이
갇혀 있는데, 그들은 영원히 구제받을 수 없는 형벌을 받고 있다
고 일러주었다.

미노타우로스와 켄타우로스

　악취가 좀 가시자 우리는 제7지옥의 벼랑을 따라 아래로 내려갔다. 길은 험하고 어딘지 모르게 음산한 기운이 감돌았다. 그 옛날 알프스 산에서 지진으로 산사태가 일어나 길이 다 막혀 버렸던 것처럼 우리 앞에는 무너진 바위 사이로 겨우 한 사람이 지나갈 만한 좁은 길이 있을 뿐이었다.

　한동안 길을 따라 내려가던 우리의 발걸음을 멈추게 하는 것이 있었다. 가짜 암소의 배 속에서 잉태된 크레타의 치욕[53]이었

---

[53] 크레타의 왕 미노스가 포세이돈에게서 멋진 황소를 선물로 받았는데, 황소를 보고 반해 버린 왕비 파시파에가 나무로 만든 암소 모형 안에 들어가 기어이 황소와 정을 통한다. 그렇게 해서 몸뚱이는 사람이고 머리는 소인 괴물 미노타우로스를 낳게 된다.

다. 그것은 뭔가에 잔뜩 화가 난 듯 나를 향해 곧 달려들 기세였다. 이에 베르길리우스가 나서서 타이르듯 말했다.

"오해하지 마시게. 이 사람은 아테네의 공작[54]이 아니라네. 그러니 화를 풀고 어서 길을 열어 주게나. 우리는 갈 길이 멀고 급하이."

스승님의 말씀에도 불구하고 미노타우로스는 화를 삭이지 못한 채 길길이 날뛰었다. 그 모양새를 살피던 스승께서 나를 재촉했고, 우리는 재빨리 바위들 사이를 뛰어서 골짜기 아래로 내려갔다. 그곳에는 시뻘건 피의 강물이 굽이치고 있었다. 나는 토할 것 같은 역한 기운을 느꼈다. 자세히 보니 피의 강물은 부글부글 끓고 있었고, 망령들이 그 안에서 득시글거리며 몸부림치고 있었다. 너무나 처참한 광경이라 가슴을 치며 눈물을 흘리지 않을 수 없었다.

그러고도 얼마나 더 내려갔을까. 우리의 눈앞에 커다란 계곡이 활처럼 둥근 반원을 그리며 펼쳐졌다. 그리고 무리를 이룬 켄타우로스[55]들이 활로 무장한 채 강 주위를 뛰어다니다가 낯선 방문자를 보고는 일제히 움직임을 멈추었다. 그들 중 하나가 외쳤다.

---

54) 미노타우로스를 죽인 영웅 테세우스. 아테네의 왕 아이게우스의 아들이라 중세식으로 공작이라는 작위를 붙인 듯하다.
55) 그리스 신화에 나오는 반인반마(半人半馬)의 괴물.

"네놈들은 누구냐? 무슨 죄를 짓고 여기까지 온 것이냐? 냉큼 대답하지 않으면 활을 쏘겠다."

베르길리우스가 나섰다.

"그렇게 서두를 것 없다네. 내 대답은 케이론[56]에게 직접 할 것인즉 기다리게나."

그러고는 내게 몇몇 괴물들에 관해 귀띔해 주었다. 좀 전에 우리에게 외친 자는 네소스였다. 이 자는 아름다운 데이아네이라[57]를 겁탈하려다가 헤라클레스에게 죽임을 당한 놈이었다. 그리고 무리 가운데에서 고개를 숙이고 있는 자는 아킬레우스를 가르친 케이론이었으며, 그 옆에서 얼굴이 붉으락푸르락하면서 성을 내고 있는 자는 폴로스[58]였다. 이들 켄타우로스들은 모두 이 골짜기 피의 강 주변을 맴돌면서 호시탐탐 물을 벗어날 기회를 엿보는 망령들에게 화살을 쏘고 있었다. 피의 강을 지키는 파수꾼들인 셈이었다.

우리가 이들 무리에 가까이 가자 케이론이 부하들을 향해 말했다.

"네놈들도 저들의 모습을 봤겠지. 특히 뒤에 오고 있는 저기

---

56) 켄타우로스족의 일원으로, 총명하고 우아한데다 의술과 예술에도 능통하였다.
57) 그리스 신화에 나오는 헤라클레스의 아내.
58) 라피테스의 왕 페이리토오스의 결혼식에서 술에 취해 왕의 신부와 여자들을 납치하려 한 불한당.

저놈이 발걸음을 옮길 때마다 풀과 돌멩이가 들썩거리는 것을 말이다. 우리처럼 죽은 망령들이라면 무게가 없어 움직임이 없을 텐데, 이상하지 않은가 말이다."

그때 베르길리우스가 잽싸게 앞으로 나서며 그 말을 받았다.

"아케론이여, 그대의 말이 맞다. 그대는 뭇 영웅들의 스승답게 과연 명민하구나. 그대의 말처럼 이 젊은이는 살아 있는 사람이 맞다. 그리고 나는 이 친구의 인도자인 베르길리우스다. 나는 이 지옥의 골짜기를 처음부터 끝까지 인도하고 있는 중이지. 그건 하늘나라에 있는 맑고 고귀한 영혼[59]의 뜻을 받들어 하는 일이기도 하고. 자, 그러니 이제 부디 그대의 부하에게 명령해 우리를 등에 업고 이 골짜기를 건널 수 있도록 해주게."

그러자 아케론은 옆에 있는 네소스에게 명령을 내렸다.

"네가 가서 저들을 안내해. 그리고 길을 막는 녀석들은 비키게 하고."

이렇게 해서 우리는 네소스의 안내를 받으며 피의 강을 따라 앞으로 나아가기 시작했다.

그렇게 길을 나선 지 얼마 되지 않아, 피가 들끓는 강물에 잠겨 겨우 눈썹 위만 내놓고 허우적거리며 울부짖는 한 무리의 망령들을 만나게 되었다. 나는 그들이 무슨 죄를 짓고 이런 형벌

---

59) 베아트리체.

을 당하고 있는지 궁금했다. 네소스가 말했다.

"저들은 살아생전에 죄 없는 백성들을 죽이고 재산을 빼앗은 악명 높은 군주들이오. 저들 중에는 알렉산드로스 대왕도 있고, 시칠리아 섬의 폭군 디오니시우스도 있소. 그리고 저기 검은 머리칼을 아무렇게나 늘어뜨려 얼굴을 가리고 있는 자는 아촐리노[60]이고, 그 옆의 금발은 의붓자식에게 시해된 에스테 가문의 포악한 군주 오피초라오."

설명을 마치고 다시 앞으로 나아가자 이번에는 피의 강물 위로 목을 내밀고 있는 망령의 무리가 나타났다. 네소스는 한쪽에 홀로 있는 자를 가리키면서, 템스 강가에서 지금도 존경받는 자의 심장을 하느님의 품 안에서 가른 놈[61]이라고 말했다.

거기서 좀 더 나아갔을 때는 이제 가슴까지 드러낸 망령들이 보였는데, 그들 중 상당수를 알아볼 수 있었다. 그리고 피의 강물이 점점 얕아져 겨우 발목을 적시고 있는 곳에 이르렀다. 네소스에 따르면, 이렇게 차츰 얕아졌던 강물은 저 건너편에서 다시 깊어져 심연을 이루었다. 거기에는 극악무도한 폭력배들과 군주들이 아비규환의 처참한 모습으로 고통을 견디고 있었다.

---

60) 1223년부터 이탈리아 북동부 지방을 다스린 영주이자 기벨린 파의 우두머리로, 잔혹한 통치를 일삼다가 1259년 감옥에서 죽었다.

61) 기 드 몽포르. 그는 자신의 아버지를 죽인 영국 왕 에드워드에게 복수하려고 왕의 사촌 헨리를 죽였는데, 살해 장소가 비테르보의 교회라서 하느님의 품 안이라고 표현하고 있다.

나는 대체 어떤 군주들이 그런 형벌을 받고 있는지 네소스에게 물었다.

"뭐 일일이 다 열거할 수는 없지만 내가 본 망령들만 말하자면, 우선 저 사나웠던 아틸라[62]와 피로스,[63] 섹스투스[64]가 있소. 그리고 가장 깊은 곳에는 천지 분간 못하고 날뛰면서 수많은 인명을 살상한 코르네토의 리니에르와 리니에르 파초[65] 같은 천하의 망나니들이 피의 강물에 온몸이 잠긴 채 비명도 지르지 못하는 참혹한 형벌을 받고 있다오."

이렇게 말을 마친 네소스는 우리를 남겨둔 채 홀연히 왔던 길로 되돌아갔다.

---

62) 기원후 5세기경에 이탈리아 반도를 침략해 악명을 떨친 훈족의 왕.

63) 기원전 3세기경에 세 차례에 걸쳐 로마와 전쟁을 벌였던 에페이로스의 왕.

64) 아프리카에서 수확한 곡물이 로마로 들어오는 것을 막은 해적.

65) 13세기경에 이탈리아 중부의 아레초 지역을 누비며 살인과 약탈을 일삼던 강도.

제13곡

자살을 한 망령들

이렇게 해서 우리는 무사히 제7지옥의 두 번째 지옥으로 들어가게 되었다. 우리 앞에는 오솔길 하나 없는 숲이 막아섰다. 그 숲은 푸르지 않고 어두웠다. 그리고 나무들은 하나같이 말라비틀어진 흉측한 몰골을 하고 있었다. 그것들은 열매는커녕 뾰족한 가시로 덮여 있었는데, 모두 독을 품고 있었다.

그래서 야생동물조차 볼 수 없을 지경이었지만, 거기에는 희한하게도 몰골이 괴이하고 사나운 새들이 살고 있었다. 바로 하르피이아였다. 이 새들은 여인의 얼굴에다 커다란 날개와 날카로운 발톱, 털북숭이 배를 가졌으며, 가시투성이 나뭇가지 위에서 울부짖고 있었다. 그리고 숲 속 여기저기에서는 비탄의 울음소리가 들려

왔는데, 정작 그 모습이 보이지 않아 무척 당황스러웠다.

이번에도 스승님께서 나서서 내 궁금증을 해소해 주었다.

"당황할 거 없네. 자네 궁금증은 곧 풀어질 테니까. 자, 자네 맘대로 저기 있는 나뭇가지 하나를 부러뜨려 보게나."

"으아악! 대체 내 몸에 왜 손을 대는 것이냐?"

내가 스승님의 말씀대로 손을 뻗어 나뭇가지를 부러뜨리자 난데없이 비명소리와 함께 가지가 꺾인 자리에서 시뻘건 피가 흘러나왔다. 참으로 놀랄 만한 광경이었다. 나무가 사람처럼 말을 하고 있었다.

"왜 나를 해치려는 것이냐? 그대는 자비라고는 손톱만큼도 없는 인간이란 말인가. 내 비록 지금은 이러한 몰골을 하고 있지만 나 역시 인간이었느니라. 설사 내가 간악한 뱀의 망령이라고 할지라도 그대의 손길이 이토록 인정머리가 없다니. 그대의 눈에는 내가 이렇게 철철 피를 흘리며 고통으로 신음하는 모습이 보이지 않는단 말이냐?"

베르길리우스가 대신 나서서 응답했다.

"그대 피 흘리는 불쌍한 망령이여. 그대 몸에 손을 댄 것은 저 사람이지만, 그건 내가 시켜서 한 행동이니 나를 책망하기를 바라네. 나도 마음이 아프다네. 혹 그대는 내가 옛날에 썼던 시[66]

---

66) 『아이네이스』

를 읽어 보았는가? 그 시에서 나는 그대처럼 피 흘리는 나무에 대해 읊은 적이 있네만."

"물론 읽어 보았습니다. 위대한 당신의 시를 읽지 않고도 인생을 살 수 있는 이가 어디 있겠습니까. 허나 그때는 피 흘리는 나무 얘기를 믿을 수가 없었습니다. 제 운명의 미래를 미천한 인간이 어찌 짐작이나 할 수 있었겠는지요. 아, 제가 진작 당신의 시에서 교훈을 얻었더라면 좋았을 것을……."

"후회는 언제나 늦게 오는 법이라네. 아무튼 마음이 아픈 것은 나도 마찬가지일세. 이젠 진정하고 이 사람에게 그대의 전생에 대해 말해 주시게나. 이 사람은 다시 저 세상으로 돌아갈 몸이니, 그대의 억울함을 밝히고 잃어버린 명예를 회복할 수 있을 것이네."

베르길리우스의 말을 들은 나무가 결심이 선 듯 말을 시작했다.

"그렇다면 시키는 대로 하겠습니다. 나는 페데리코 황제의 마음을 움직일 두 열쇠를 모두 갖고 있던 사람[67]입니다. 그것들을 써서 그분의 마음을 잠갔다가 열었다가 했지요. 그러므로 세상에 있을 때 내가 섬기던 그분의 마음을 나만큼 잘 헤아리는 사람은 없었습니다. 그분은 내게 자신의 비밀을 아무도 알 수 없게

---

67) 피에르 델라 비냐. 법률가이자 시인으로, 페데리코 2세의 궁정에서 수석 서기관으로 일하며 총애를 받았다.

하라는 명령을 내렸고, 나는 그 명령을 수행하느라 밤낮없이 정성을 다했습니다. 아무도 내 충정을 의심하는 사람은 없었지요."

여기까지 말을 마친 나무는 긴 한숨을 내쉬더니 말을 이었다.

"그러나 호사다마라고 했던가요. 나도 모르게 궁정에는 나를 시기하고 질투하는 궁녀들이 있었고, 그들은 황제를 부추겨서 내게 쏠렸던 그분의 총애를 빼앗아갔지요. 나는 졸지에 반역자가 되어 감옥에 갇히게 되었습니다. 그곳에서 숱한 고문을 받고 슬픔과 탄식의 나락으로 떨어지고 말았지요. 그래서 나는 더 이상의 굴욕과 모멸을 피하기 위해 스스로 목숨을 끊는 결단을 내렸습니다. 그러나 지금도 맹세하거니와 황제에 대한 내 충정은 조금도 의심할 바 없이 진실한 것이었습니다. 이 점을 알아주시기 바랍니다. 그러니 부디 지상으로 돌아간다면, 이런 내 억울함을 밝혀 반역자라는 누명을 쓰고 실추된 내 명예를 회복시켜 주기를 바랍니다."

나는 그의 애처로운 처지에 깊이 공감했다. 아마 스승님께서도 그랬던 것 같았다. 스승님이 깊은 위로를 담아 말했다.

"그대 피 흘리는 애처로운 망령이여, 그대의 바람은 이 사람에 의해 저 세상에서 이루어질 것이니 걱정하지 말게나. 그리고 그대가 어떻게 말라비틀어진 나무가 되어 버렸는지, 또 이곳에서 탈출한 망령이 있었는지 더 얘기를 해주시게나."

그러자 나무로 변한 망령은 거친 한숨을 내쉬었고, 한숨은 곧 바람이 되어 대기를 흔들었다. 그러고는 슬픈 망령의 목소리가 다시 들려왔다.

"제 손으로 스스로 목숨을 끊은 망령들은 미노스의 심판을 받아 여기 제7지옥으로 떨어지게 됩니다. 미노스가 제 꼬리를 일곱 번 휘감는 것이요. 결국 저는 이 숲 속에 떨어져 한 알의 씨앗으로 지옥의 생활을 시작하게 된 겁니다. 그리고 싹이 돋고 한 그루 나무로 컸던 것이지요. 이파리가 나기 시작하면 하르피이아들이 날아와 이파리를 쪼아대면서 고통을 안겨줍니다. 게다가 몸통에 구멍까지 뚫어 우리로 하여금 그 구멍으로 비탄을 쏟아내게 한답니다."

나는 망령에게 뭐라 위로의 말을 해줄 수가 없었다. 저들에게도 최후의 심판의 날이 빨리 와서 육신을 되찾고 조금이라도 고통에서 벗어나기를 바랄 뿐이었다. 그러나 스승 베르길리우스는 자살을 한 이의 망령들은 최후의 심판의 날에도 다른 망령들과는 달리 육체를 다시 회복할 수 없다고 일러주었다.

이러한 사실을 알고 있었는지 망령은 입을 다물고 깊은 슬픔에 빠져 침묵하고 있었다. 우리는 난감한 표정으로 동정을 표하는 수밖에 없었다. 그때였다. 갑자기 숲을 흔드는 소리가 들려왔다. 그 소리는 마치 사냥꾼에게 쫓기는 짐승의 울부짖음과도 같았다. 그리고 곧 벌거벗은 채 피를 흘리는 두 망령이 나타났다. 그들은 고래고래 악을 쓰며 숲을 헤쳐 나가고 있었는데 어찌나 빠른지 가로막는 숲의 가지들이 모두 부러졌다. 앞서 달리는 망령이 외쳤다.

"그대 죽음이여, 어서 오라."

그러자 뒤따라가는 망령이 소리쳤다.

"그대는 전쟁터에서 적에게 쫓기고 있다고 하더라도 지금처럼 빠르지 않았을 것이다."

이윽고 두 망령들은 가시덤불 속으로 쓰러져 가쁜 숨을 몰아쉬었다. 그러자 그들을 노리고 있었다는 듯이 숲 속에서 들개들이 나타났다. 피에 굶주린 들개들이었다. 들개들의 눈에서는 살기가 번뜩였다. 놈들은 사정없이 망령들에게 달라붙어 물어뜯고 사지를 찢어발겼다.

우리는 이런 처참한 광경을 지켜보았다. 스승님은 저 두 망령이 생전에 어마어마한 재물을 소유했던 부자였는데 헛되이 재물을 탕진한 죗값을 죽어서 받고 있다고 했다.

스승님은 내 손을 잡고 숲으로 이끌었다. 그곳에는 가지가 부러져 피투성이가 된 나무가 비탄의 눈물을 흘리고 있었다. 알고보니 그 나무는 나와 동향인 피렌체 사람이었는데, 세상살이의 각박함을 이기지 못하고 목을 매 자살하는 바람에 이곳에서 고통을 당하고 있었다. 스승님과 나는 바닥에 떨어져 있는 이파리와 가지를 주워 그 발치에다 놓아 주었다.

제14곡

지옥 강의 유래

나는 고향 사람을 만나 반갑기는 했지만 그의 처지가 애처로워 연민을 느끼지 않을 수 없었다. 아울러 그리운 고향 생각에 그만 가슴이 울컥해져 눈물을 흘렸다. 이런 내 처지를 헤아린 스승님은 고향에 돌아갈 수 있는 길은 우리가 함께하고 있는 이 지옥의 여정을 빨리 끝내는 방법밖에 없다고 일러주었다.

우리는 어느새 제7지옥의 두 번째 지옥을 지나 마지막 세 번째 지옥의 초입에 들어섰다. 우리 눈앞에는 풀 한 포기 나지 않은 황량한 들판이 펼쳐져 있었고, 자살한 망령들의 숲이 그 들판을 화환처럼 에워싸고 있었다. 바닥은 메마른 모래밭이었는데, 눈앞에 펼쳐진 광경을 보면서 나는 신의 형벌이 얼마나 무서

운지를 다시 한번 깨달았다.

그곳 사막에는 벌거숭이 망령들이 무리를 지어 빼곡하게 서
있었고, 그 위로는 불덩이가 함박눈처럼 쏟아져 망령들을 괴롭
히고 있었다. 울부짖음과 단말마의 비명으로 들끓는 아비규환
의 불구덩이가 따로 없었다. 그 속에서 하느님을 욕보이고 모독
했던 무리들은 벌렁 드러누워 눈을 치떴으며, 고리대금업자들
은 잔뜩 몸을 웅크린 채 땀을 흘려댔다. 그리고 하느님의 율법
을 어긴 동성애자들은 그 수가 가장 많았는데, 그들은 어디 한
곳에 있지 못하고 이리저리 방황했다.

나는 그중에서도 미동도 하지 않고 누워 있는 망령을 보고 베
르길리우스에게 물었다.

"스승님, 저 불구덩이 속에서 꼼짝하지 않고 누워 있는 저 거
대한 덩치는 대체 누군지 궁금합니다."

내 목소리를 들었는지 거대한 덩치의 망령이 스승님의 대답
을 가로막고 나서며 말했다.

"나는 살아서나 죽어서나 마찬가지지. 제우스가 그의 대장장
이[68]를 시켜 내게 불벼락을 내려 죽게 했지만, 난 단 한 번도 제
우스를 무서워해 본 적이 없느니라."

자못 호기를 뽐내는 목소리였다.

---

68) 불카누스. 대장장이이며 불의 신인 그는 제우스의 강력한 무기인 번개를 만들었다.

그러자 스승님께서 전에 없이 화를 벌컥 내면서 큰소리로 꾸 짖는 것이었다.

"네놈은 여기서도 그 잘난 체하는 버릇을 버리지 못했단 말이 냐. 대체 네놈은 얼마나 더 큰 형벌을 받아야 버릇을 고치겠느 냐. 이 오만하기 짝이 없는 망령아!"

그제야 망령은 잠잠해졌다.

베르길리우스에 따르면, 저 거대한 망령은 테베를 공격하던 일곱 명의 왕 중 하나인 카파네우스였다. 그는 생전에도 신을 모 독하고 불경죄를 저질렀던 자인데, 일말의 반성조차 없이 이 지 옥에 떨어져서도 여전히 오만한 모습에 스승님도 꽤나 화가 난 모양이었다.

우리는 불타오르는 모래사막을 피해 숲 가장자리를 조심스 레 걸어 시냇물이 흐르는 곳에 이르렀다. 그 시냇물의 빛깔은 섬 뜩한 핏빛이었다.

"우리가 이 지옥의 여정을 시작한 후로 이 시냇물처럼 진기한 마술을 부리는 모습을 본 적은 없을 것이네. 그도 그럴 것이 이 시냇물은 불이란 불을 모두 집어삼켜 꺼버리기 때문이지."

스승님의 말씀을 듣고 보니 나는 그 내막이 더욱 궁금해졌 다. 스승님의 자세한 얘기가 이어졌다.

"그 옛날 바다[69] 한가운데에 크레타라는 섬나라가 있었네. 참 으로 아름답고 풍족한 나라였는데, 왕[70]이 처음 나라를 통치하

던 시기에는 그야말로 번영을 구가했다네. 섬 중앙에는 '이데'라는 산이 있어 수목이 우거지고 맑은 시냇물이 흘러 낙원처럼 아름다웠다지. 당시 왕의 아내 레아[71]는 여러 명의 자식들을 낳았는데, 아비로부터 아들을 지키기 위해서 이데 산을 요람으로 선택했네. 그리고 아이가 울 때마다 시종들을 시켜 다른 소리를 내게 해 울음소리를 감추었지. 그 산에는 늙은 거인이 우뚝 서 있었는데, 어깨는 다미에타[72]를 향하고 얼굴은 거울을 쳐다보듯 로마 쪽을 향해 있었다지 뭔가. 그 거인의 머리는 금으로, 팔과 가슴은 은으로, 배와 무릎은 구리로, 다리는 쇠로 이루어져 있었는데, 오른쪽 발만은 마른 흙으로 되어 있어서 오른발로 중심을 잡아야만 했다는군. 그런 상태에서 오랜 세월이 흘러 차츰 금이 아닌 몸뚱이는 부식되어 틈이 벌어지고 그 사이로 거인의 눈물이 떨어져 이 지옥의 다섯 강을 이루게 된 것이라지. 아케

---

69) 중세 유럽인들에게 바다는 지중해를 가리켰다.

70) 크레타 섬을 처음 다스린 것으로 전해지는 전설적인 왕은 사투르누스다. 그는 그리스 신화의 농경신인 크로노스와 동일시되는데, 그의 치세기는 모든 것이 풍족한 황금시대로 불리며 당시 사람들은 다툼 없이 순박하고 행복하게 살았다고 한다.

71) 천공의 신 우라노스와 대지의 여신 가이아 사이에서 태어난 딸로, 남매 사이인 사투르누스와 결혼해 여러 자식들을 낳았다. 그러나 자식들 중 하나가 아버지를 몰아내고 왕이 된다는 예언을 들은 사투르누스는 레아가 아이를 낳을 때마다 족족 집어삼켜 버렸다. 그러자 레아는 마지막으로 낳은 아들 제우스를 이데 산의 동굴에 감추고 대신 돌덩이를 낳은 척해서 사투르누스로 하여금 집어삼키게 했다. 그렇게 해서 몰래 키워낸 제우스가 커서 아버지를 몰아내고 최고의 지배자가 되었다.

72) 이집트 나일 강 하구에 있는 도시 이름.

론과 스틱스, 플레게톤,[73] 그리고 지옥의 맨 아래에 있는 코키토스[74]가 바로 그것들이라네."

베르길리우스의 다소 장황한 얘기를 듣고 나니 내 궁금증이 또 도져서 여쭈었다.

"스승님 말씀대로 이 지옥 강들이 저 세상에서부터 시작된 것이라면 어찌하여 이 지옥의 기슭에서만 보이는 것인지요?"

"자네는 혹 이 지옥이 아래로 곧게 이어지는 동굴로 착각을 하는 게 아닌가. 지옥은 둥근 원이 중층 구조를 이루며 아래로 연결되어 있다네. 우리가 아래로 많이 내려오기는 했지만 지옥 한 바퀴를 돌려면 아직도 길이 멀다네. 그러니 강물을 여기서 보게 되는 것도 이상할 것이 없겠지. 앞으로 놀랄 일이 점점 많아질 걸세. 원래 여행이란 그런 것이라네."

베르길리우스는 이렇게 우리의 앞길에 대한 모종의 암시를 하면서 걸음을 옮겼다.

"스승님, 언제쯤이면 플레게톤 강을 볼 수 있을는지요? 그리고 레테[75]에 대해서는 왜 말이 없으신가요?"

"내 일러주지 않았던가. 자네 기억을 한번 더듬어 보게. 펄펄

---

73) 두 시인이 이미 지나온 강들이다. 아케론은 3곡에서, 스틱스는 7곡과 8곡에서, 그리고 플레게톤은 이름을 언급하지 않았으나 12곡에서 피가 들끓은 강으로 묘사하고 있다.
74) 제31곡에서 얼어붙은 웅덩이로 묘사하고 있다.
75) 그리스 신화에서 저승 세계를 흐르는 강들 중 하나로, 망각의 강으로 일컬어진다.

끓는 강물에 몸을 담근 채 허우적거리던 망령들이 생각날 것일세. 그게 바로 플레게톤 강이었네. 그리고 물을 마시면 자신의 과거를 잊게 되는 레테 강은 이제 이곳을 벗어나면 볼 수 있을 것이네. 미리 말해 두지만 그곳은 죄를 회개한 자들이 죄 사함을 받은 날 몸을 씻으러 가는 곳이라네."

그러고는 잠시 멎었던 스승님의 말씀이 다시 이어졌다.

"자, 이제 이 지옥의 숲을 벗어나 길을 재촉하세나. 나를 잘 따라오게. 앞서도 말했지만 이 지옥에서 함박눈처럼 떨어지던 불덩이들은 다 꺼지게 될 것이네."

제15곡

부르네토 선생님과 동성애자들

우리는 한참을 걸어 숲에서 멀리 떨어진 곳에 이르렀다. 그곳
둑길 아래서 우리는 한 무리의 망령들과 또다시 만나게 되었다.
그들은 달밤에 서로의 얼굴을 확인이라도 하는 것처럼 우리를
뚫어져라 쳐다보았다. 그리고 그 가운데 한 망령이 내 옷자락을
잡으며 반갑게 말하는 것이었다.

"아, 여기서 자네를 보게 되다니. 자네는 단테가 아닌가? 나를
모르겠는가?"

자세히 보니 그는 부르네토 라티니[76] 선생님이었다. 참으로 뜻

---

76) 단테가 스승으로 섬겼던 피렌체 출신의 철학자이자 수사학자 겸 법률가.

밖이었다. 나는 반가움과 놀라움을 표시했다.

"자네와 함께 얘기를 나누고 싶은데 괜찮겠는가?"

내가 고개를 끄덕여 괜찮다는 무언의 대답을 하자 부르네토가 말을 이었다.

"아직 최후의 심판의 날이 오지 않았는데 자네를 이곳까지 이끈 것은 운명이란 말인가. 이곳은 자네가 올 곳이 아니야. 지금이라도 할 수만 있다면 얼른 달아나라고 하고 싶군. 이곳까지 자네를 인도한 자가 누구인가?"

부르네토는 이렇게 말하면서 힐끗 베르길리우스를 쳐다보았다. 그 모습이 어딘지 불안해 보였다. 내가 말했다.

"저는 아직 제 나이가 완전히 차기도 전[77]에 어느 계곡에서 길을 잃었습니다. 그런 와중에 이분께서 나타나 제가 이곳을 탈 없이 순례할 수 있도록 인도해 주셨지요. 그러니 걱정하지 않으셔도 됩니다."

내 말을 들은 부르네토는 다시금 스승님 쪽을 슬쩍 쳐다본다음 입을 열었다.

"이렇게 대화를 나눌 수 있어 고맙군. 나는 일찍이 자네의 재능을 알아보았지. 자신의 별을 뒤따르는 한 자네는 틀림없이 바라는 바 영광스런 곳에 도착할 수 있을 것이네. 자네가 은혜로운 분

---

77) 죽기 전.

을 만나 이 지옥을 순례하고 있다니, 내가 살아 있었다면 마음껏 격려를 해줬을 텐데 말이야. 그 점이 나로서는 무척 아쉽다네."

그러고는 망령들이 갖는 예언의 힘으로 내게 앞날을 일러주었다.

"부디 내 말을 잘 들어두게나. 그대의 선의에도 불구하고 피렌체의 토박이 시민들에게 자네는 적이 될 것이네. 그들은 근본부터가 비열하고 악한 무리들이지. 그들과 또 다른 파당을 만들어 적대하고 있고, 로마인의 후예를 자임하고 있는 자네가 속한 피렌체 시민들 또한 다를 것이 없다네. 그들 두 파당은 아마도 서로 자네를 끌어들이려 할 것이네. 자네의 명예로운 지위를 이용하자는 속셈이겠지. 이기심과 질투에 눈먼 인간들의 세상에서 앞날은 한 치도 알 수가 없는 법이니 조심해야 할 걸세. 파당의 무리에서 멀리 떨어져 있게.[78] 예나 지금이나 초목은 산양의 무리와 멀리 떨어져 있을 때 안전한 법이지."

나는 부르네토의 충고를 고맙게 받아들이면서 덧붙였다.

"이곳에서 선생님을 뵙게 되다니요. 제가 좀 더 정치를 잘 했더라면 선생님은 아직도 저 세상에서 명예를 누리며 살고 계셨을 텐데 안타깝기 짝이 없습니다. 저는 지금도 선생님의 열정적인 모습을 기억하고 있습니다. 선생님께서는 사람의 도리를 가르쳐

---

78) 단테는 망명 중에 겔프 백당과도 결별하였다.

주셨지요. 어버이와 같은 인자한 가르침은 지금도 제게 감동으로 남아 있답니다. 선생님이 말씀하신 제 앞날에 대한 충고는 깊이 새겨두겠습니다. 그리고 맑고 고결한 영혼[79]을 만나면 제 운명에 대해 잘 알 수 있을 것입니다. 다만 여기서 제가 말씀드리고 싶은 것은 지금까지도 그랬거니와 앞으로도 제 양심에 반하는 일은 하지 않을 것이라는 점입니다. 어쨌거나 운명의 수레바퀴를 돌리는 것은 하느님의 몫이니 당연히 그에 따라야 하겠지요."

베르길리우스는 부르네토의 충고를 잘 받아들이라고 일러주었다. 나는 스승님의 말씀에 동의하면서 부르네토에게 함께 가고 있는 망령의 무리들 중에 세상에서 명예를 떨친 망령이 있는가를 물었다.

"물론 있다네. 일일이 다 말할 수는 없겠지만 몇몇 망령들에 대해서는 얘기해도 좋을 듯싶군. 이 망령의 무리들은 세상에서 모두 성직자들이거나 저명한 학자들이었지. 이들의 공통점은 모두가 하느님의 율법을 어긴 동성애의 죄를 범했다는 것일세. 자네에게 부끄럽네만 나 역시 마찬가지지. 저기 앞장서 걸어가는 두 망령은 프리스키아누스[80]와 프란체스코 다코르소[81]라네.

---

79) 베아트리체.

80) 6세기 초에 명성을 떨친 라틴어 문법학자.

81) 13세기 볼로냐 법학파의 거장으로, 영국 에드워드 1세의 부름을 받아 옥스퍼드 대학에서 강의하였다.

그리고 하인들의 하인[82]에 의해 아르노 강에서 바킬리오네 강으로 옮겨져 거기서 죄 많은 육신을 남긴 자[83]도 보이지. 뭐, 그 밖에도 많은 망령들이 있네만, 자네와 더 얘길 나눌 만한 처지가 못 되는군. 저기 모래사막에서 불꽃이 타오르는 것이 보이잖나. 사나운 망령들이 이곳으로 오고 있네. 저놈들과는 도저히 어울릴 수가 없다네. 대신 내가 지은 『테로소』[84]를 추천할 테니 나중에 읽어보게나. 난 어서 몸을 피해야겠네. 잘 가게."

말을 마친 부르네토는 부리나케 몸을 돌려 달려갔다. 그 모습은 마치 경주에 참가한 육상 선수의 뒷모습을 보는 것처럼 힘차고 경쾌했다.

---

82) 공식적인 문헌들에서 쓰이기도 하는 교황의 별칭으로, 여기서는 보니파시오 8세를 가리킨다.

83) 피렌체 출신의 안드레아 데 모치를 가리킨다. 피렌체의 주교였던 그는 1295년 바킬리오네 강가에 자리한 비첸차의 주교로 좌천되었다가 이듬해 사망하였다.

84) 라티니가 정쟁에 휘말려 프랑스로 망명해 있는 동안 프랑스 어로 쓴 백과사전적 작품.

제16곡

수도자의 밧줄

    우리는 어느덧 제7지옥이 끝나는 세 번째 지옥의 가장자리에 이르렀다. 그곳에는 강물이 벼랑 밑으로 떨어져 거대한 폭포를 이루고 있었다. 물소리가 얼마나 엄청나던지 귀가 윙윙거리며 울릴 정도였다.

    그때 망령의 무리들 중 세 명이 우리 앞에 모습을 나타냈다. 그들 역시 하느님의 율법을 어기고 동성애의 죄를 범한 자들이었다. 그들은 거칠고 사나웠다. 온몸이 상처투성이였고 진물이 흘러나와 끔찍한 몰골로 악취를 풍기고 있었다. 그들 모두는 나와 동향인 피렌체 출신의 명망가들이었다.

    그중 한 망령이 우리 앞을 가로막고 나서며 내게 물었다.

"그대는 산 자의 몸으로 어찌 이 지옥을 순례하려 하는가?"

내가 나서기도 전에 스승 베르길리우스가 차분하게 저간의 사정을 일러주었다. 그러자 그 망령은 고맙게도 내게 축복을 내려주었다. 또 다른 망령은 고향 피렌체의 소식을 물은 다음, 돌아가게 되면 자신의 안부를 전해 달라고 부탁하고는 다른 망령들과 함께 바람처럼 사라졌다.

우리는 다시 걸음을 재촉해 앞으로 나아갔다. 그리고 잠시 후 천둥소리처럼 굉음을 내며 폭포가 떨어지고 있는 벼랑에 이르렀다. 가까이에서 보니 그 폭포의 빛깔은 온통 핏빛이었다.

그때 스승님께서는 무슨 생각이 드셨는지 내가 허리에 매고 있던 밧줄을 풀어 달라고 하셨다. 나는 한때 수도승 생활을 한 적이 있어 허리에 밧줄을 매고 다녔던 것이다. 그것으로 표범[85]을 잡아 볼까 생각하기도 했다. 어쨌거나 나는 밧줄을 풀어 스승님께 건넸다. 그러자 스승님께서는 그 밧줄을 들고 벼랑 가까이 다가가더니 골짜기 아래로 휙 던져 버리는 것이었다. 아마도 무슨 신호를 보내는 것 같았다. 잠시 후, 벼랑 아래쪽에서 캄캄한 어둠을 가르며 거슬러 올라오는 물체가 보였다. 이윽고 그 물체가 모습을 드러냈을 때, 나는 심장이 멎는 듯한 충격을 받았다. 그도 그럴 것이 그 물체는 내가 상상도 할 수 없는 기괴한 모습을 하고 있었다.

---

85) 제1곡에 나오는 음란함의 상징인 표범.

제17곡

게리온과 고리대금업자들

"잘 보게나, 꼬리가 뾰족한 저 짐승[86]을. 저 무지막지한 괴물은 산과 들을 자유롭게 넘나들고, 성곽이나 온갖 무기들을 단숨에 쳐부수며, 온 세상에 더러운 악의 씨앗을 퍼뜨린다네."

베르길리우스가 나에게 말했다. 그러고는 괴물에게 손짓을 해 가까이 오라는 신호를 보냈다. 그러자 그 괴물은 큰 날개를 펼친 채 머리와 가슴을 벼랑 끝 가장자리에 턱하니 걸치는 것이었다. 얼굴은 사람의 모습으로 언뜻 선량해 보이기까지 했다. 몸통은 뱀의 형상을 하고 있었고, 두 개의 앞발에는 날카로운 발

---

86) 게리온.

톱들이 나 있었다. 그리고 등과 가슴, 양 옆구리에는 이상한 모양의 무늬가 아름답게 수놓아져 있었는데, 가끔 두 갈래로 갈라진 꼬리를 허공으로 치켜들어 휘휘 내저었다.

스승님은 나를 데리고 벼랑의 오른쪽으로 돌면서 뜨거운 모래사막과 불덩이를 피해 나갔다. 그러고는 손가락으로 저 아래쪽 모래바닥에서 웅성거리고 있는 망령들을 가리키며 말했다.

"자네가 이곳에서 경험을 쌓을 좋은 기회네. 저 아래로 내려가서 망령들의 동태를 살펴보고 오게. 다만 너무 오래 있어서도 안 되고 망령들과 실랑이를 해서도 안 되네. 나는 자네가 올 때까지 이놈의 괴물과 한번 협상을 해보겠네. 우리가 이놈의 등을 빌려 타고 저 아래로 내려갈 수 있는지를 말일세."

나는 혼자 제7지옥의 세 번째 지옥에서 제일 가장자리로 내려갔다. 아까 어렴풋이 보았던 것처럼 그곳에는 망령들이 눈물을 흘리며 참혹한 형벌을 받고 있었다. 사방에서 불덩이가 연신 쏟아지고 모래바닥의 뜨거운 열기에 그들은 하나같이 안절부절못하며 이리저리 몸을 뒤척이느라 정신이 없었다. 그 모습은 마치 한여름 뙤약볕 아래서 개가 벼룩이나 파리에게 물려 어쩔 줄모르고 날뛰는 것과 흡사해 보였다.

망령들 중에 낯익은 자는 없었다. 다만 자세히 보니 그들은 누구랄 것도 없이 저마다 목에 돈주머니를 하나씩 매달고 있었다. 그들은 모두 생전에 고리대금업자들이었다. 돈주머니에는

서로 다른 색깔과 모양의 무늬가 그려져 있었는데, 아마도 그것
은 생전에 그들 자신의 가문을 표시하는 문양 같았다.

　망령들 사이를 거닐며 주위를 살피던 나는 마침 노란색 돈주
머니에 그려진 하늘색 사자 문양[87]을 보게 되었다. 그 옆에는 빨
간색 돈주머니에 그려진 흰색 거위 문양[88]이 있었다. 그리고 흰
색 돈주머니에 그려진 파란색 암퇘지 문양[89]도 보였는데, 그 돈
주머니의 주인이 나를 보고 소리쳤다.

　"사지 육신이 멀쩡한 자가 어찌 이 참혹한 모래밭에서 얼쩡대
는 것이냐? 어서 썩 물러가라. 여긴 나를 빼고는 모두 피렌체 사
람들인데, 어리석게도 자신들과 같은 처지에 있는 나를 조롱하
고 있다. 그 때문에 내 귀청이 떨어질 정도로 괴롭구나."

　나는 더 머물며 고리대금업자들의 망령과 얘기를 하고 싶었
지만 오래 머물지 말라는 스승님의 말이 생각나 발걸음을 돌렸
다. 내가 돌아왔을 때 스승님은 협상이 잘 되었는지 막 괴물 게
리온의 등에 올라타고 있었고, 내게도 얼른 타라고 손을 내밀었
다. 나는 두려웠지만 스승님을 믿고 올라탔다. 스승님은 뒤에서
나를 꼭 껴안고 명령을 내렸다.

---

87) 피렌체의 겔프당에 속하는 잔필리아치 가문의 문장.
88) 피렌체의 기벨린당에 속하는 오브리아키 가문의 문장.
89) 파도바의 귀족 집안인 스크로베니 가문의 문장.

"자! 게리온, 이제 어서 가자. 네 등에 탄 사람은 죽은 망령이 아니라 살아 있는 목숨이니 조심해서 내려가자꾸나."

그러자 게리온은 일말의 망설임도 없이 조심스럽게 원을 그리며 벼랑 아래로 내려갔다. 나는 두려움에 떨며 아래로부터 올라오는 차가운 바람의 기미만을 느낄 뿐 거의 정신을 잃을 지경이었다. 그때 오른편 아래쪽에서 거대한 파도가 치는 듯한 소리가 들려왔다. 밑을 내려다보니 타오르는 불구덩이가 눈에 들어왔고, 그 속에서는 탄식과 비명이 들끓고 있었다. 그 소리에 정신이 팔려 하마터면 떨어질 뻔했다. 나는 게리온의 등에 필사적으로 매달렸다. 한참 후 게리온은 벼랑 아래 골짜기 바위틈에 우리를 내려놓고는 잽싸게 사라졌다.

제18곡

말레볼제의 사악한 망령들

우리는 이렇게 해서 게리온의 도움을 받아 말레볼제[90]라고 불리는 제8지옥에 이르게 되었다. 이곳 사악한 벌판의 가운데에는 아주 넓고 깊은 웅덩이[91]가 있었다. 그리고 높고 험한 절벽과 웅덩이 사이에는 각종 사악한 죄를 범한 죄인들을 구분지어 형벌을 가하는 열 개의 구덩이가 계단식으로 아래를 향해 원형을 이루면서 차곡차곡 패어 있었다. 마치 해자들이 성벽을 중심으로 동심원을 이루며 성을 에워싸고 있는 것 같은 구조였다.

---

90) '사악한 구덩이'라는 뜻으로, 단테가 지어낸 말이다.

91) 제9지옥을 이루는 얼어붙은 호수 코키토스.

그런 상태에서 절벽의 발치에서부터 구덩이들을 차례차례 가로
질러 뻗어 내려간 돌다리들이 웅덩이에 이르러서는 모두 끊겨
있었다. 베르길리우스는 나를 인도하며 왼쪽으로 난 길을 따라
내려갔다.

우리는 오른편 첫 번째 구덩이에서 매질을 당하는 망령들을
보았다. 지금까지와는 다르게 모든 것이 새로웠다. 그들은 뚜쟁
이와 엽색가들이었다. 구덩이 밑바닥에서는 망령의 무리들이
벌거벗은 채 두 편으로 나뉘어 걸어오고 있었다. 그들 위로는
주변을 에워싼 바위에서 마귀들이 튀어나와 마구 채찍질을 했
다. 나는 망령들이 채찍을 피하기 위해 이리저리 몸을 피하며
달아나는 비참한 모습을 보고 한숨을 토해냈다. 피가 나고 살
점이 떨어져 허옇게 뼈가 드러나는 고통 속에서 울부짖는 망령
들······.

그 망령들 중에 내 눈에 띄는 자가 있었다. 내가 좀 더 자세하
게 그자의 얼굴을 보기 위해 걸음을 멈추자, 스승님도 함께 걸
음을 멈추고 내가 망령과 얘기를 할 수 있도록 허락했다. 뿔 달
린 마귀에게 채찍을 맞아 피투성이가 된 망령은 고개를 숙여 얼
굴을 감추려고 했다. 자신의 정체가 탄로나는 것이 두려웠던 모
양이다. 그러나 나는 그자의 얼굴을 분명 기억하고 있었다. 내
가 망령에게 타이르듯 소리쳤다.

"그대가 얼굴을 감춘다고 내 그대를 모를 줄 알았더냐. 내 기

억이 분명하다면 그대는 베네디코 카치아네미코[92]가 분명하렷다. 그렇지 않은가. 그대는 대체 무슨 죄를 지었기에 이 지옥에 떨어져 참혹한 고통을 받고 있단 말인가?"

그가 썩 내키지 않는 몸짓으로 말했다.

"내 어찌 숨길 수 있겠는가. 나는 그대가 말한 베네디코가 맞소이다. 아! 어쩌다 내가 이런 추잡한 얘기를 내 입으로 하게 되었는지…… 내 운명이 원망스럽소. 내게는 아름다운 누이동생 기솔라벨라가 있었다오. 그런데 내가 돈에 눈이 멀어 누이의 몸을 탐내던 후작에게 넘겨주고 말았지요. 부끄러운 짓이었소. 하지만 볼로냐에선 그런 짓이 공공연히 행해진 것도 사실이라오. 그래서 우리 볼로냐 사람들은 이곳에서 죗값을 치르고 있소이다."

이렇게 얘기하는 동안 마귀가 나타나 베네디코에게 채찍질을 하며 꾸짖었다.

"어서 썩 꺼지지 못할까. 누이동생을 돈과 바꾼 이 뚜쟁이 놈아. 이곳에선 네놈이 팔아먹을 처자는 없으니 어서 썩 꺼져라. 네놈이 그러고도 한때 겔프당의 우두머리였다니, 한심하지도 않은가."

나는 마귀의 준엄한 꾸짖음을 들으며 스승님 곁으로 돌아왔

---

92) 볼로냐의 겔프당에 속하는 가문 출신으로 당쟁에 적극적으로 가담하였다.

다. 그리고 다시 걸음을 옮기자 돌다리가 보였다. 우리는 돌다리 위로 올라섰다. 그때 스승님께서 입을 열었다.

"잠깐 걸음을 멈추고 저 망령들의 얼굴을 좀 보게나. 안 태어난 것보다 못한 자들의 망령들이지. 저들과 같은 방향으로 걷고 있었기 때문에 우린 저들의 얼굴을 제대로 보지 못했던 거라네."

다리 위에서 내려다보니 우리가 지나왔던 구덩이에서 매질을 당하고 있는 망령들이 보였고, 그 반대쪽에서는 우리가 있는 쪽을 향해 망령들이 마귀의 채찍을 피해 달려오고 있었다. 스승님은 그 무리 중에서 체구가 우람한 망령을 가리키며 이아손이라고 일러주었다. 그는 내가 보기에도 당당하고 기품이 있는 모습이었다.

베르길리우스에 따르면, 이아손은 황금 양피를 구하기 위해 콜키스로 원정을 떠난 영웅들의 대장이었다. 그 원정에서 이아손은 우여곡절 끝에 황금 양피를 손에 넣고는 돌아와 결혼까지 하게 되었다. 그런데 그는 호색한 기질이 있어서 원정 중에 여러 명의 여인들을 속여 관계를 맺고는 차버렸다. 그 때문에 이 지옥에 떨어져 고통을 받고 있었던 것이다.

어느덧 우리는 언덕을 지나 아치형 다리가 골짜기 위에 걸려 있는 지점에 이르렀다. 거기 두 번째 구덩이에는 온갖 아첨꾼들이 악취 나는 똥물 속에서 벌을 받고 있었다. 제 몸을 치고 쥐

어뜯으며 울부짖는 망령들로 구덩이 속은 그야말로 아비규환이었다. 얼마나 역겹던지 속이 울렁거렸고, 금방이라도 토할 것 같았다. 구덩이 아래서 올라오는 악취가 코를 찔렀고, 사방 벽에는 더러운 곰팡이가 덕지덕지 서식하고 있었다. 그 구덩이가 얼마나 깊던지 다리 꼭대기에 올라서야 그 전부를 볼 수 있을 정도였다.

스승님과 나는 다리 위에서 똥물에 처박혀 득시글거리는 참혹한 망령들을 바라보았다. 한참을 그렇게 바라보다가 나와 눈이 마주친 망령이 있었는데, 그가 댓바람에 소리치는 것이었다.

"그대는 왜 나만 뚫어져라 쳐다보는 것이오? 이곳에는 나보다 더 더럽고 악취를 풍기는 망령들이 얼마든지 있을 텐데 말이오."

그때 불현듯 내 머릿속에서 그 망령의 얼굴이 떠올랐다.

"그대는 소문난 아첨꾼 알레시오 인테르미넬리[93]가 아닌가. 물론 명문 귀족이며 백장미 당원이기도 했지."

그러자 그 망령은 머리통을 제 손으로 쥐어뜯으면서 말하는 것이었다.

"그대의 말이 맞소이다. 아첨을 하느라 내 혓바닥은 한 번도 싫증 날 겨를이 없었다오. 그런 내 혓바닥이 나를 이 지옥에 빠

---

93) 이탈리아 중부 피사 근처에 있는 루카 출신의 인물.

뜨린 거요."

그때 베르길리우스가 한 망령을 가리키며 나를 보고 말했다.

"자네 눈을 들어 저길 보게나. 머리를 풀어 늘어뜨린 창녀의 얼굴이 보이잖나? 바로 타이스[94]라네. 온몸에 똥칠을 하고 제 손톱으로 몸뚱이를 벅벅 긁고 있지. 생전엔 아름다움을 뽐내며 뭇 사내들을 울렸지. 한편으론 제 몸뚱어리를 내주고 금화를 챙기면서 말이지. 자, 이제 이곳을 떠나 다시 길을 나서 보게나."

---

94) 테렌티우스의 희극 「거세된 남자」에 나오는 등장인물.

치부를 한 교황들

우리는 세 번째 구덩이에 도착했다. 구덩이 한복판에는 예의 아치형 다리가 걸려 있고, 그 아래에는 성직이나 성물을 사고팔 아 모독한 자들이 형벌을 받고 있었다. 그들 위에는 다음과 같 은 시구가 걸려 있었다.

〈마술사 시몬[95]이여 / 그리고 그를 추종하는 자들이여 / 하느 님의 말씀을 듣지 않고 / 재물에 눈이 멀어 / 신성한 성직과 성 물을 / 금과 은으로 사고팔아 더럽히고 말았으니 / 이제 이 지옥

---

95) 「사도행전」에 나오는 마술사로, 예수의 제자들이 성령의 힘으로 기적을 행하는 것을 보고 돈으로 그 능력을 사려고 하였다. 성직이나 성물을 사고파는 죄악을 가리키는 시모니아(simonia)라는 용어는 여기에서 유래한다.

에 떨어진 그대들을 향해 / 나팔소리가 울려야[96] 마땅하리라〉

나는 시구를 읽으면서 하느님께서 행하시는 선악에 대한 정의로운 심판이야말로 얼마나 무서운가를 절실하게 깨달았다. 그것은 저 세상에서나 이곳 지옥에서나 마찬가지였다. 새삼 하느님의 권능이 얼마나 크고 위대한지 알게 되었다.

스승님과 나는 돌다리 위에서 세 번째 구덩이를 바라보다가 구덩이를 둘러싸고 있는 바위와 바닥에 둥근 구멍이 수없이 나 있는 것을 보았다. 그 구멍들에는 저마다 망령들이 거꾸로 처박혀 있었는데, 발과 무릎과 허벅지는 삐죽 밖으로 나오고 몸통은 안에 묻혀 있었다. 그런 상태로 발바닥에서 활활 불이 타오른 까닭에 망령들은 다리를 퍼덕거리며 고통에 몸부림을 치고 있었다. 그 몸부림이 얼마나 격심했던지 사지를 철사로 꽁꽁 묶어 놓았더라도 능히 끊어질 만했다.

나는 여러 망령들 중에서도 유독 다른 망령들보다 다리를 심하게 버둥거리며 시뻘건 화염 속에서 고통 받고 있는 자에게 눈길이 갔다. 나는 그의 죄에 관해 스승님께 물었다.

"자네가 직접 저자의 말을 들을 기회가 있을 것이네. 자, 어서 저 아래로 내려가 망령을 만나보록 하세."

---

96) 중세 법정에서는 재판관의 판결을 공포하기에 앞서 나팔을 불어 사람들의 주의를 환기시켰다고 한다.

우리는 다리를 지나고 왼쪽으로 야트막한 언덕을 타고 아래로 내려가 수많은 구멍이 나 있는 바닥에 도착했다. 그러고는 아까 보았던 그 망령 앞에 이르렀다. 내가 자못 지엄하게 물었다.

"그대 거꾸로 처박혀 울부짖고 있는 망령이여, 그대는 누구이며 무슨 죄를 지었는지 말해 줄 수 있겠는가?"

이에 망령[97]은 괴로움에 두 다리를 더 격렬하게 버둥거리며 흐느껴 말하는 것이었다.

"그대는 보니파시오[98]가 아닌가. 아직 자네가 이곳에 올 때가 아닌 거로 아는데 이게 무슨 일이지? 그새 재물을 긁어모으는 일에 싫증이라도 났나? 성직과 성물을 시정잡배처럼 사고팔더니 결국 이 꼴이 되었나?"

아마도 망령은 나를 다른 사람으로 착각하고 있었던 것 같았다. 나는 어안이 벙벙했지만 스승님의 충고를 받고는 얼른 그 망령에게 나는 보니파시오가 아니라고 말해 주었다. 그제야 망령은 자신의 얘기를 하는 것이었다.

"그렇다면 그대는 정녕 내가 누군지 궁금한 거요? 그걸 알기

---

97) 교황 니콜라우스 3세(재위 1277~1280년). 인품과 덕성이 뛰어난 교황으로 알려져 있어 성직이나 성물을 사고팔았다고 보기는 어렵다. 다만 피렌체의 정치적 싸움을 조정하는 데 실패한 책임을 물어 단테는 그를 지옥으로 보내버린 듯하다.

98) 교황 보니파시오 8세(재위 1294~1303년). 여러 훌륭한 업적을 남겼으나, 자신의 영향력을 키우기 위해 겔프 흑당을 지원하면서 단테가 속한 겔프 백당이 곤경에 처한 탓에 교황에 대한 단테의 평가는 좋지 않다.

위해 이 험악한 지옥의 골짜기까지 왔다면 기꺼이 대답해 주겠소. 나는 생전에 커다란 망토[99]를 입었던 사람이라오. 또한 암곰[100]의 아들이기도 했소. 그래서 새끼 곰들의 번영을 위해 저 세상에서는 주머니에다 돈을 담았고, 그 대가로 지금 여기에서는 구덩이에다 나 자신을 담고 있소이다."

나는 그가 왜 나를 보니파시오라고 착각하고 저주를 퍼부었는지 물었다.

"내가 성급하긴 했지만 그건 그럴 만한 이유가 있소이다. 지금 내가 처박혀 있는 머리 아래쪽에는 나보다 앞서 신성을 모독한 교황들이 끌려와 처박혀 있다오. 내가 착각했던 이유는 그자가 오면 내가 여기서 밀려나 저 아래로 떨어질 것을 미리 염려했기 때문이었소. 저 아래 구덩이는 빛 한 줄기 비치지 않는 것은 물론이고 숨조차 쉬지 못하는 채로 돌멩이처럼 지내야 하는 곳이라오."

말을 마친 망령은 자신의 뒤에 보니파시오가, 다시 그 뒤에 자신과 보니파시오를 능가할 정도로 사악한 목자[101]가 올 것이라고 일러주었다.

---

99) 교황의 법의(法衣).

100) 니콜라우스 3세가 속한 오르시니 가문의 문장이 암곰이다.

101) 교황 클레멘스 5세(재위 1305~1314년). 프랑스 왕의 힘에 눌려 교황청을 로마에서 아비뇽으로 옮겨가는, 이른바 '아비뇽의 유수'로 가톨릭 역사에 오점을 남겼다.

나는 그들의 후안무치한 범죄에 치를 떨었다.

"그대는 입이 있으면 말해 보라. 우리 주 예수께서 베드로에게 열쇠[102]를 맡기실 때 무슨 재물을 요구했던가? 예수는 다만 나를 따르라고 했을 뿐 아무것도 요구한 것이 없다는 것을 그대도 알고 있지 않은가. 또한 예수께서 승천하신 후 사악한 영혼[103]을 잃은 자리에 마티아를 앉혔을 때[104]도 베드로나 다른 사도들이 그에게 무슨 대가를 요구한 적이 있었던가? 이런 저간의 사정을 모르지 않을 그대가 어찌 교황의 몸으로 재물을 탐했단 말인가. 그것도 부정한 방법으로 왕과 결탁을 해서 재물을 쌓았으니 하느님이 보시기에 그 죄가 얼마나 크겠는가. 따라서 그대가 이곳에서 거꾸로 처박혀 오랜 세월 고통의 형벌을 받는 것은 마땅하리라. 그대와 같은 성직자들 때문에 선악이 뒤섞여 세상은 타락하고 온갖 부패와 음란한 기풍이 만연하고 있다는 것을 알아야 하거늘 그대는 어찌 일말의 반성조차 없단 말인가. 일찍이 복음 작가[105]가 말씀을 통해 그대와 같이 썩어문드러진 교황이 출현하리라고 예언했던 것은 하나도 그르지 않았도다."

내가 이렇게 한바탕 준엄하게 호통을 치자, 망령은 양심의 가

---

102) 천국의 열쇠.

103) 예수를 팔아먹은 가롯 유다.

104) 유다를 대신할 제자로 마티아가 추첨으로 뽑혔을 때를 가리킨다.

105) 「요한계시록」을 쓴 사도 요한.

책을 받았는지 잠잠해졌다가 이내 비명을 내지르며 두 발을 허공에서 버둥거렸다. 그때까지 스승 베르길리우스는 곁에서 내 모습을 대견하다는 듯이 지켜볼 뿐 말이 없었다.

얼마 후 베르길리우스는 나를 꼭 껴안듯이 붙들고는 우리가 내려왔던 벼랑길을 다시 올라가 네 번째 구덩이가 내려다보이는 아치형의 다리 위로 인도했다. 그곳에서 나는 심호흡을 하며 우리가 순례하게 될 깊은 골짜기를 내려다보았다.

제20곡

가짜 예언자들이 받는 고통

우리는 어느새 일단의 망령들이 눈물을 흘리며 비탄에 잠겨 있는 모습이 보이는 곳에 이르렀다. 그들은 원통형의 둥근 골짜기를 따라 묵묵히 걸어오고 있었는데, 마치 경건하게 기도를 하며 걸어오는 수도승들 같아 보였다.

그러나 그들이 가까이 오자 그 모습이 너무나 기괴해서 깜짝 놀라지 않을 수 없었다. 사람의 이목구비를 갖추고는 있었지만 그 위치가 제멋대로 돌아가 있었다. 얼굴은 가슴 위가 아니라 등을 향해 있어 앞을 바라볼 수가 없었고, 걷는 모습이 마치 뒷걸음을 치는 것처럼 어색하기 짝이 없었다. 사고나 병으로 사지가 부자연스럽게 뒤틀린 경우를 본 적은 있지만 이처럼 목과 얼굴이 정반대로 돌아가 있는 사람은 본 적이 없었다.

하느님은 애초에 자신의 형상을 따라 인간의 육체를 만드셨건만 어쩌다 이런 기괴한 망령들이 생겨난 것인지 궁금했다. 그들 망령들은 끊임없이 눈물을 흘리고 있었는데 자신의 눈물로 등줄기와 엉덩이를 적시고 있었다. 그 광경이 참으로 괴이하고 수상쩍었다.

내가 일찍이 본 적도 들은 적도 없는 그 모습에 충격을 받아 바위 한 귀퉁이에 서서 눈시울을 붉히자, 스승님이 다가와 딱하다는 듯이 타이르는 것이었다.

"자넨 아직도 모른단 말인가. 신의 엄정한 심판에 대해 연민을 느끼는 것만큼 불경한 짓이 또 어디 있겠는가. 정녕 모른다면, 하느님에 대한 믿음이 부족한 것이라네. 생각해 보게. 죄 없는 사람이 하느님의 심판을 받았겠는가. 그런 일은 예수 그리스도가 이 땅에 오신 후로 단 한 번도 없었다네. 전능하신 하느님이 어떤 분인데 그런 일이 일어날 수 있었겠는가. 차후로는 망령들에게 함부로 연민을 내비치거나 눈물을 떨어뜨리는 값싼 동정은 하지 말아야 할 것이네."

나는 스승님의 말씀에 내 스스로를 자책하며 고개를 끄덕이지 않을 수 없었다. 스승님은 내 곁으로 다가와 말을 이었다.

"이제 그만 고개를 들고 저기를 보게. 저 망령은 그 옛날 테베 사람들이 보는 앞에서 땅이 갈라지자 감쪽같이 사라졌던 사내

암피아라오스[106]라네. 자신의 예언을 과신했던 나머지 운명을 비껴가려 얕은 수를 썼다가 이 지옥의 골짜기로 떨어지고 말았지. 죄인이라면 누구든지 예외 없이 잡아들이는 미노스의 손아귀를 벗어나지 못했던 거라네."

베르길리우스에 따르면, 이곳의 망령들은 스스로를 예언자라 자처하며 앞날을 미리 보려 했기 때문에 그 벌로 이제는 얼굴이 반대로 돌아가 뒷걸음을 치는 것이라고 했다. 나는 그 모습이 기괴한 것과는 별개로 정말 그 죄에 합당한 형벌이라는 생각이 들었다.

스승님께서 다음으로 지목한 예언자의 망령은 테이레시아스[107]였다. 그는 저 세상에서 산책을 하다가 서로 뒤엉켜 교미하고 있는 뱀을 발견하고는 지팡이로 후려쳐 떼어놓았다. 그 때문에 여자의 몸으로 7년을 살게 되었고, 다시금 교미하는 뱀을 발견하고 지팡이로 후려치면서 남자의 몸으로 돌아올 수 있었다.

그다음으로는 아론타[108]가 지목되었다. 그는 대리석이 많이

---

106) 그리스 신화에 나오는 예언자이자 테베를 공략한 일곱 장군들 가운데 한 명으로, 테베 공략이 실패하리라는 것을 알고 처음에는 발을 뺐으나 결국은 참전하게 되었다. 그리고 제우스가 던진 벼락에 갈라진 땅 속으로 떨어져 죽었다.

107) 테베의 유명한 장님 예언자로, 그의 예언 능력은 남자와 여자 가운데 누가 더 성적인 쾌감이 큰가 하는 문제로 다투던 제우스와 헤라 사이에서 제우스를 편들어 준 대가로 받은 것이었다. 그 대신 분노한 헤라에게서는 눈이 멀어버리는 저주를 받았다.

108) 이탈리아 지역의 옛 부족 에트루리아의 점쟁이로, 카이사르와 폼페이우스 간의 싸움뿐 아니라 카이사르의 승리까지 예언하였다.

나는 카라라의 산골 루니에서 새하얀 대리석 동굴을 짓고 살았다. 그는 농사꾼이었다. 그러다가 가끔 별을 보고 점을 쳤다. 그는 평범한 농부로 보일 뿐 예언자의 풍모는 없었다.

그 옆에는 긴 머리를 엉망으로 늘어뜨린 채 걷고 있는 한 여자가 있었다. 나는 스승 베르길리우스에게 물었다.

"스승님, 저 여자도 예언자였습니까? 어째 좀 으스스한 분위기를 풍기는 게 무서운 여자 같습니다만……."

내 물음에 스승님은 웬일인지 엷은 미소를 보이며 대답했다.

"저 여자는 만토라네. 자기 아버지[109]가 죽은 후 바쿠스의 도시[110]가 몰락하자, 그녀는 고향을 등지고 오랜 세월 동안 세상을 떠돌았지. 그러다가 한 곳에 정착하게 되었는데, 알프스 기슭 호수에서 발원한 강물이 흘러오다가 평지와 만나서 고인 늪 한가운데 섬처럼 떠 있는 곳으로, 사람이 살지 않는 황폐한 땅이었네. 저 여자는 그 땅에서 종들과 함께 정착해 살다가 죽었지. 그리고 세월이 흘러 장성한 아들이 도시를 건설하고 어머니의 이름을 따 만투바라고 했다네. 그곳은 내 고향이기도 하지."

베르길리우스는 모처럼 향수에 젖어 먼 옛날을 회상하는 듯했다. 그 모습을 보고 있자니 나도 그리운 고향 생각에 슬픔이

---

109) 테이레시아스.
110) 테베.

밀려왔다. 우리가 그렇게 향수에 젖어 잠시 넋을 놓고 있는 사이 다시 한 무리의 망령들이 나타났다.

　그중에 에우리필로스가 있었다. 그는 긴 수염을 늘어뜨려 위엄을 과시하고 있었다. 스승님의 말씀에 따르면, 그 역시 예언자였다. 그리스의 가정마다 요람을 채우기 어려웠을 때[111], 칼가스[112]와 더불어 그리스 함대가 출항할 시간을 예언한 자였다. 그리고 그 옆에는 말라비틀어져 갈비뼈가 다 보이는 망령이 따라가고 있었는데, 그자는 미켈레 스코토[113]였다. 그는 마술을 부려 속일 줄 아는 자로, 궁정에서 여러 왕들을 섬기기도 했다.

　그 밖에도 베르길리우스는 기와를 잇는 기술자 출신으로 플로렌스에서 활동했던 점성술사 구이도 보나티이, 구두 만드는 무두장이었던 아스덴테를 가리키며 그들은 자신의 천직을 버리고 예언자 행세를 하다가 이 지옥에 떨어져 고통을 당하고 있다고 일러주었다. 이들 뒤에는 한 무리의 여인들이 있었는데, 그들은 생전에 가정을 내팽개치고 앞날을 미리 알 수 있다는 헛된 망상을 좇아 예언자들의 뒤를 따라다니던 망령들이었다.

---

111) 트로이 전쟁으로 그리스 남자들이 모두 출전하는 바람에 여자들이 아이를 가질 수 없었던 상황을 묘사하고 있다.

112) 트로이 전쟁 당시 그리스군의 예언자로, 전쟁 중에 벌어질 여러 사건들을 예언하였다.

113) 스코틀랜드 출신의 의사이자 철학자, 마술사, 점성술가로 시칠리아의 페데리코 2세 궁정에서 지냈다.

이렇게 우리가 제8지옥의 네 번째 구덩이를 순례하는 사이, 날이 저물고 어두워졌다. 스승님이 고개를 들어 허공을 바라보며 혼잣말처럼 중얼거렸다.

"간밤에는 달이 그리도 밝더니……."

내게는 그저 낮이고 밤이고 막막한 어둠뿐인 지옥의 순례길인데도 스승님은 어둠 뒤편의 달을 보고 있었던 것 같았다.

"자네는 달 속에 갇혀 벌을 받고 있는 카인을 본 적이 있는가?"

"금시초문입니다. 카인이라면 동생 아벨을 죽인 그 카인을 말하는 것입니까?"

"그렇다네. 우리 고향 사람들은 카인이 아벨을 죽이고도 그 사실을 부인했기 때문에 가시넝쿨을 등에 진 채 달 속에 갇혀 벌을 받고 있다고 믿고 있다네."

나는 스승님의 말씀에 피식 웃음이 났다. 이 지옥과는 아무런 관계도 없는 달 얘기를 하며 걷는 동안에 우리는 다섯 번째 구덩이가 보이는 다리에 이르렀다.

제21곡

역청 지옥과 마귀들

나는 다리 꼭대기에서 아래 골짜기의 구덩이를 바라보았다. 하지만 괴이한 신음소리만 들릴 뿐 어둠의 장막으로 뒤덮여 있어 아무것도 보이지 않았다. 그 밑바닥에서는 역청이 부글부글 들끓고 있었다. 마치 베네치아 선창에서 배의 갈라진 틈새를 메우기 위해 역청을 끓이듯이 이곳에서도 전능하신 하느님의 말씀으로 역청이 부글부글 끓어올라 구덩이 양쪽의 둑을 까맣게 칠해놓고 있었다.

그래서 내가 볼 수 있는 것이라고는 구덩이 밑바닥에서 부글부글 끓어오르다 사라지는 거품뿐이었다. 나는 역청 지옥을 자세히 살펴볼 요량으로 구덩이 쪽으로 몸을 기울였다. 그러자 스승님께서 내 소매를 잡으며 급박하게 소리쳤다.

"조심하게나!"

나는 비로소 정신이 번쩍 들어 자세를 바로잡고는 스승님 곁에 서 있었다. 그러다 문득 뒤돌아보니 시커먼 마귀가 돌다리 위로 달려오고 있었다. 우람한 덩치에 비해 다리가 짧고 팔은 땅까지 늘어져 있었으며, 살갗은 울퉁불퉁하고 얼굴은 잔뜩 일그러진 상태였다. 한눈에 봐도 그 몰골이 무시무시했다. 마귀는 발목을 꽉 잡은 죄인 하나를 어깨 위에 둘러메고 있었다. 녀석은 다리 위에서 고함을 질러댔다.

"말레브란케[114]들이여, 내가 여기 성녀 지타[115]를 다스리던 행정관 한 놈을 잡아왔다. 이놈을 저 역청지옥에 처박아라. 아직 그 마을에는 이놈과 같은 탐관오리들이 득실거려서 나는 다시 그들을 잡으러 가야 한다. 그놈들은 모두 돈에 영혼을 판 죄인들이지."

마귀는 어깨에 둘러메고 있던 죄인을 번쩍 들어 올렸다가 역청 속으로 내던져버리고는 바람처럼 사라졌다. 아마도 무척이나 바쁜 모양이었다. 스승님의 말씀에 따르면, 그 마귀는 오랜 옛날부터 탐관오리를 잡아다가 역청 속에 처박는 일을 운명으

---

114) 말레볼제처럼 단테가 지어낸 말로, '사악한 앞발'이라는 뜻을 가지며 다섯 번째 구덩이에 있는 마귀들을 가리킨다.

115) 이탈리아 피사 인근 도시인 루카 출신의 수녀로, 평생 성스러운 삶을 살았으며 루카의 수호성인으로 받들어졌다. 여기서는 루카를 가리키는데, 단테가 살던 당시 그곳은 피렌체와 마찬가지로 겔프 흑당의 본거지였던 까닭에 나쁜 이미지로 그려지고 있다.

로 삼아 왔으며 인간의 역사가 계속되는 한 앞으로도 그 일은
끝나지 않을 것이었다.

나는 역청 속에 처박힌 죄인의 모습이 궁금해 아래를 내려다
보았다. 그는 부글부글 끓는 역청 속에 잠겼다가 수면 위로 떠
오르곤 했는데, 그때마다 마귀들이 긴 장대 끝에 달린 작살을
이용해 사정없이 찔러댔다. 그러면서 저주의 말을 쏟아냈다.

"이곳에선 산토 볼토[116]도 아무런 소용이 없다. 또한 세르키오[117]
에서처럼 헤엄을 칠 수도 없다. 그러니 우리들의 작살을 맞지 않
으려면 역청 위로 고개를 내밀지 마라. 이 못된 도적들아! 이 흉
악한 탐관오리들아! 어디 한번 여기서도 도둑질을 해보거라."

이렇게 저주를 퍼부으면서도 마귀들은 연신 장대를 휘둘러
죄인들이 고개를 내밀지 못하도록 하고 있었다. 그것은 마치 요
리사가 기다란 주걱으로 가마솥 안에 담긴 고깃덩어리를 능숙
하게 휘젓는 모습과 흡사했다.

베르길리우스는 마귀들이 있는 곳으로 나아가면서 나에게
말했다.

"자네는 마귀들이 눈치채지 못하게 저 바위 뒤에 숨어 있게.

---

116) '성스러운 얼굴'이라는 뜻으로, 검은 나무로 만들어진 예수 십자가상을 가리킨다. 루
카 사람들은 산마르티노 성당에 보관되어 있는 이 십자가상의 이름을 부르며 기도하
였다고 한다.
117) 루카 근처에 있는 작은 강.

혹여 내가 마귀들에게 공격을 당해도 나서지 말게나. 무서워하지도 말고. 어떤 위험 속에서도 우리를 지켜 주시는 주님이 계시다는 것을 믿고 기다리면 되네. 내가 부를 때까지 말이야. 자, 어서 몸을 숨기도록 하게."

이렇게 당부를 한 스승님은 다리를 건너 여섯 번째 구덩이가 있는 언덕으로 걸어갔다. 그러자 마귀들이 나타나 장대를 휘두르며 위협을 해왔다. 나는 바위 뒤에 몸을 숨긴 채 초조하게 스승님의 모습을 지켜보았다. 스승님이 마귀들에게 일갈했다.

"이놈들아, 그만두지 못할까. 네놈들은 섣불리 나를 위협하기 전에 내 말을 들어야 할 것이다. 네놈들 중 누구든지 한 명만 나서거라. 그리고 내 얘기를 들어보고 난 다음에 나를 위협해도 좋을 것이다."

이에 서로 얼굴을 보며 어리둥절한 표정으로 쑥덕거리던 마귀들 중에 한 놈이 나섰다. 그 마귀는 말라코다[118]였다. 그는 몹시 오만한 표정으로 베르길리우스를 훑어보더니 불손하게 막말을 쏟아냈다.

"그래, 어디 한번 네놈의 말을 들어보자꾸나. 그래봐야 우리가 네놈의 앞길을 터주는 일은 없을 것이다. 어쨌거나 이 작살에 온몸

---

118) '사악한 꼬리'라는 뜻으로, 역시나 단테가 지어낸 이름이며 다섯 번째 구덩이에 있는 마귀들의 우두머리이다.

이 만신창이가 되기 전에 한마디 하겠다면 말릴 생각은 없다. 다만 내게는 인내심이 없으니 되도록 짧게 말하는 게 좋을 것이다."

스승님이 말라코다가 가까이 다가오는 것을 보고 말했다.

"잘 들어라. 그대는 어찌 내 앞길을 막는 것이냐? 그대는 정녕 내가 하느님의 뜻을 받들어 이 어두운 지옥을 순례하고 있다는 사실을 모른단 말인가? 어서 길을 열라. 내가 인도해야 할 분이 저기 있으니, 어서 길을 열란 말이다."

말라코다는 하느님 운운하는 말을 듣고 기세가 꺾였는지 장대를 땅에 떨어뜨렸다. 그러고는 주위의 졸개들을 설득했다. 마귀들은 불만이 가득한 표정이었지만 대장의 말에 모두 장대를 내려놓았다. 그제야 베르길리우스는 안도의 한숨을 내쉬며 나를 불렀다.

내가 스승님의 말을 듣고 뛰쳐나가자, 졸개 마귀들도 태도를 바꾸어 앞으로 튀어나왔다. 나에게 마귀들은 여전히 위협적이었다. 마귀들은 나를 조롱하며 장대를 다시 부여잡고 위협했다. 그 모습을 보고 있던 대장 마귀가 나섰다.

"그만두어라, 스카르밀레오네[119]!"

그러자 졸개 마귀들이 다시 잠잠해졌다. 말라코다는 대장의 위엄을 되찾았는지 우리를 향해 당당하게 말했다.

---

119) '산발한 머리'라는 뜻의 말.

"이 돌다리 너머로는 갈 수가 없소이다. 여섯 번째 구덩이에 이르는 돌다리가 무너져서 말이오. 어제, 이맘때보다 다섯 시간 더 지났을 때로부터 1200년하고도 66년 전에 있었던 일이라오. 그러니 부득불 그대들은 다른 길을 찾아야 할 거요. 내 그대들을 안내할 졸개들을 붙여줄 테니 그들의 안내를 받도록 하시오."

그러고는 알리키노, 칼카브리나, 카냐초, 바르바리치아, 리비코코, 드라기냐초, 치리아토, 그라피아카네[120] 등등 한 열 명쯤 되는 마귀들의 이름을 불러 앞으로 나오게 한 다음, 우리를 잘 안내하도록 명령을 내렸다.

나는 말라코다의 말을 듣고는 언짢았다. 자기 졸개를 붙여준다는 말이 어딘지 수상쩍었기 때문이다. 나는 스승님에게 졸개들 없이 우리끼리만 가자고 말씀드렸지만, 이런 내 의중을 읽은 스승님은 아무 걱정 말라고 안심을 시켰다.

그리하여 우리는 마귀들의 안내를 받아 역청이 들끓는 다섯 번째 구덩이의 왼쪽 언덕을 향해 걸음을 옮겼다. 떠나기 전에 말라코다와 졸개들은 그들만의 이상한 신호를 주고받으며 작별 의식을 나누었다. 스승님의 말씀에도 불구하고 나는 마귀들과의 동행이 영 마땅치 않았지만 어쩔 도리가 없었다.

---

120) 알리키노(장난꾸러기 요괴), 칼카브리나(안개를 짓밟는 자), 카냐초(크고 사나운 개), 바르바리치아(곱슬 수염), 리비코코(뜨거운 바람), 드라기냐초(커다란 괴물 용), 치리아토(멧돼지), 그라피아카네(할퀴는 개).

제22곡

마귀들의 난장판

　우리가 걸어가는 동안, 내 눈은 들끓는 역청 속에서 고통받
는 망령들에게로 향해 있었다. 그들의 모습은 참으로 가관이었
다. 돌고래처럼 등을 내보이며 떠올랐다가 사라지는가 하면, 개
구리처럼 코끝만을 내놓고 있기도 했다. 그들 모두는 마귀 바르
바리치아가 가까이 다가오기라도 할라치면 재빠르게 역청 속으
로 몸을 숨겼다.

　나는 그중에서 어정쩡하게 혼자 우물쭈물하고 있는 망령을
보았는데, 그는 곧 마귀 그라피아카네의 작살에 목덜미가 찍혀
끌려나왔다. 역청으로 뒤덮인 모습이 시커먼 물개를 연상시켰
다. 마귀들이 망령을 둘러싼 채로 물고 뜯고 할퀴며 한바탕 난

리를 피웠다. 베르길리우스가 나서서 마귀들에게 경거망동하지 말라고 주의를 주자 겨우 진정이 되었다.

망령[121]은 나바라 왕국[122] 출신이었다. 부친이 방탕한 생활로 재산을 탕진한 끝에 자살로 생을 마감하자, 모친은 그동안 숨겨 왔던 연인과 결혼하면서 그를 어느 귀족의 노예로 보내버렸다. 이후 그는 우여곡절 끝에 자비로운 왕 테오발도[123]의 신하가 되었다. 그는 왕의 환심을 사기 위해 아첨을 일삼았을 뿐 아니라, 왕궁의 재산 관리인으로서 아주 비열한 방법으로 재산을 축적했다. 그 결과 이 역청 지옥에 떨어져 벌을 받고 있었다.

진정된 듯싶었던 졸개 마귀들은 얼마 되지 않아 다시 망령에게 달려들었다. 그리고 손톱으로 할퀴고 어금니로 여기저기 살점을 물어뜯으며 괴롭혔다. 마귀들에게는 그게 재미난 놀이인 것 같았다. 나는 눈앞에서 벌어지는 참혹한 광경에 아연실색했다. 졸개들의 대장인 바르바리치아가 나서서 말려보았지만 그때뿐이었다. 마귀들은 망령이 호시탐탐 도망갈 기회를 노리고 있다면서 자신들의 놀이를 멈추지 않았다. 바르바리치아가 다시 나서서 말했다.

---

121) 치암폴로.
122) 이베리아 반도 동북쪽 산악 지방에 존재했던 작은 왕국.
123) 1253년부터 1270년까지 나바라를 통치했던 테오발도 2세.

"그렇다면 내가 이놈을 꼭 붙잡고 있을 테니 너희들은 뒤로 물러나 있어라."

그러고는 베르길리우스에게 궁금한 것이 있으면 어서 망령한 테 물어보라고 말했다.

"이보시오, 역청 지옥에 혹 그대가 아는 이탈리아 사람이 있소?"

질문을 받은 망령은 자기와 조금 전까지 함께 있던 자가 이탈리아인 수도승이라고 대답했다.

수도승의 이름은 고미타[124]였다. 망령에 따르면, 그는 자신이 모시던 영주의 포로들을 풀어주면서 뇌물을 받았을 뿐만 아니라, 사기와 공금 횡령으로 엄청난 돈을 갈취한 도적이었다.

이어서 망령은 로구도로[125]의 영주 미켈레 잔케[126]의 이름도 들먹였다. 그리고 다른 이름들도 계속해서 말하려 했지만 언제 또 마귀들이 달려들지 몰라 전전긍긍하며 입을 다물었다.

그러다가 망령은 도망치기 위한 꾀를 내어 마귀들을 유혹했다. 자신이 휘파람을 불어 역청 지옥 속에 있는 죄인들을 불러낼 테니 마귀들은 조금 떨어져 숨어 있으라는 제안이었다. 마귀

---

124) 이탈리아 반도 남쪽에 있는 사르데냐 섬 출신의 수도사로, 갈루아의 영주 밑에서 일하였다.
125) 샤르데냐의 4개 관할구 중 하나.
126) 호색과 간계로 악명을 떨친 영주로, 자신을 배신한 사위에게 죽임을 당하였다.

들은 이 제안에 반신반의하며 바위 뒤로 몸을 숨겼다. 망령은 그 틈을 놓치지 않고 바르바리치아의 손아귀에서 몸을 빼 순식간에 역청 속으로 뛰어들었다.

마귀들은 비로소 망령의 교묘한 수작에 속은 것을 알았지만 다시 잡을 수는 없는 노릇이었다. 그러자 마귀들끼리 내분이 일어나 서로 치고받는 난투극을 벌이게 되었는데, 급기야 알리키노와 칼카부리나는 혈투 끝에 역청 속으로 함께 떨어지고 말았다. 두 마귀는 날개가 역청에 엉겨 붙어 살려 달라고 아우성을 쳤으나, 위험을 감수하고 역청 속으로 동료를 구하기 위해 뛰어드는 마귀는 없었다.

이렇게 마귀들의 싸움으로 난장판이 된 다섯 번째 구덩이를 뒤로 한 채, 스승님과 나는 여섯 번째 구덩이를 향해 내려갔다.

제23곡

위선자들의 납으로 된 망토

나는 여섯 번째 구덩이를 향해 걸으면서도 마귀들이 쫓아오
는 것 같은 환청과 환영에 시달렸다. 스승 베르길리우스가 걱정
하지 말라고 나를 안심시켰지만, 스승님의 말이 끝나가도 전에
시끄러운 날갯짓 소리가 들리는가 싶더니 이내 마귀들이 모습
을 드러냈다.

그러자 스승님은 나를 덥석 가슴에 앉고서 재빨리 둔덕 아래
로 미끄러져 내려갔다. 그야말로 순식간에 일어난 일이었다. 우
리가 여섯 번째 구덩이를 둘러싼 둔덕 기슭에 발을 딛고 나서
올려다보니 마귀들이 둔덕 저 위에 도달해 있었다. 하지만 마귀
들은 다섯 번째 구덩이 밖으로는 나올 수 없는 만큼 우리에게

더 이상 위협이 되지 못했다.

나는 안도의 한숨을 내쉬면서 주위를 둘러보았다. 망령이 득시글거리고 있었다. 그들은 고통에 울부짖으며 천천히 발걸음을 옮기는 중이었는데, 어딘지 모르게 지치고 무거워 보였다. 마치 무슨 패배자의 무리 같았다. 게다가 그들은 온몸을 뒤덮는 망토에 눈까지 내려오는 모자를 쓰고 있어 클뤼니의 수도승들 같은 분위기를 자아냈다.

망령들이 입고 있는 망토의 겉은 금빛으로 화려했지만 정작 속은 납이어서 굉장히 무거웠다. 그 옛날 페데리코는 지푸라기를 입힌 것에 불과했다.[127] 망령들의 발걸음이 그토록 무겁고 느렸던 데에는 다 그만한 이유가 있었던 것이다. 우리는 망령의 무리들과 함께 걸었으나 발걸음을 한 번 옮길 때마다 주위의 얼굴이 바뀌어 있을 정도로 그들의 발걸음은 느렸다.

"스승님, 이들 무리 중에 그 명성이 세상에서 널리 알려진 알 만한 망령들이 있습니까?"

내가 스승님께 여쭈었으나 그 대답은 스승님이 아닌 한 망령으로부터 들어야 했다. 그 망령은 용케도 내 토스카나 말투를 알아듣고 말을 걸어왔던 것이다.

---

127) 시칠리아 국왕 프리드리히 2세는 반역자들에게 두꺼운 납으로 된 옷을 입혀 벌을 주었다는 일화가 전해지는데, 그런 납 옷도 망자들이 입고 있는 외투에 비하면 지푸라기처럼 가벼웠을 것이라는 얘기다.

"뉘신지 모르지만 잠깐 걸음을 멈춰 주시면 좋겠소. 이 지옥의 어둠 속에서 그토록 발걸음이 빠른 그대들은 대체 뉘시오? 만일 그대들이 궁금한 것이 있다면 내 다 알려드리겠소."

내가 걸음을 멈추고 뒤를 돌아다보니 망령들이 기를 쓰고 우리를 향해 걸어오고 있었다. 그들로서는 최대한 빠른 걸음이겠지만 내가 볼 때는 느려터진 걸음이었다.

"자네, 잠깐 멈추게나. 저 망령이 올 때까지 우린 좀 기다리기로 하세. 그래야 얘기를 나눌 수 있을 테니까."

스승 베르길리우스의 말이었다.

얼마 후 도착한 망령들은 나를 뚫어져라 훑어보고는 자기들끼리 쑥덕대기 시작했다. 말하자면 그들은 나를 면전에서 보고서야 비로소 내가 살아 있는 육신을 가진 인간이라는 사실을 알게 되었던 것이다. 사지가 마음대로 움직이는 인간을 만났으니 그들로서는 깜짝 놀랄 만한 일이었을 게 분명했다. 그들 중 한 망령이 나에게 무슨 특권으로 망토도 걸치지 않고 이 구덩이를 지나가고 있느냐고 물었다. 그리고 아까 말을 걸었던 망령이 이어서 말했다.

"그대 토스카나의 친구여, 그대는 누구이기에 지금 우리와 같은 위선자의 무리와 함께 걷고 있는 것인가?"

스승 베르길리우스의 양해를 얻어 내가 말했다.

"내 고향은 피렌체라오. 아름다운 아르노 강이 도시를 관통

하고 있는 유서 깊은 도시지요. 그리고 물론 나는 그대들이 짐작하듯이 살아 있는 육신과 영혼을 갖고 있소. 이제 대답이 되었소? 그렇다면 내가 묻겠소. 그대들은 뉘시오? 그대들은 눈물을 하도 흘려 눈과 뺨이 짓무르는 고통 속에서도 어찌 그렇게 빛나는 금빛 망토를 걸치고 있는 것이오? 내겐 참으로 기이하게 보인다오."

내 말에 망령 하나가 나서서 대답했다.

"이 망토는 아주 두꺼운 납으로 만들어져 있소이다. 얼마나 무거운지 저울에 올려놓으면 저울이 납작해질 거요. 우리는 볼로냐의 향락 수도사들[128]이었다오. 나는 카탈라노, 이 사람은 로데린고라고 하오.[129] 우리 둘은 비록 서로 소속된 당은 달랐지만 정치적 타협의 결과로 부득불 평화를 유지하기 위해 보통 한 사람이 맡는 직책에 함께 선출되었소이다. 그때 우리가 얼마나 일을 열심히 했는지는 지금도 가르딘고[130] 지역 사람들은 잘 기억하고 있을 것이오."

나는 카탈라노의 말을 다 듣고 나서야 이들이 그 고약했던 수

---

128) 1261년 볼로냐에서 결성된 '영광의 동정녀 마리아 기사단'에 속하는 수도사들을 가리킨다. 대립하는 당파와 가문 사이에 평화를 중재하고 약자를 보호코자 하는 창립 목적에서 이탈해 세속적인 안락을 추구한 결과 그리 불리게 되었다.

129) 1266년 함께 피렌체의 집정관이 된 두 사람. 카탈라노는 겔프당 소속이었고, 로데린고는 기벨린당 소속이었다.

130) 피렌체 시뇨리아 광장 부근의 지역. 그곳에는 기벨린당 소속의 우베르티 가문의 집이 있었는데, 두 집정관 당시에 일어난 민중 폭동으로 불타고 파괴되었다.

도승들이라는 것을 알게 되었다. 사실은 이들이 함께 집정관을 지내면서 교황의 사주를 받아 한 당[131]에게만 유리하게 일을 처리했고, 결국 가르딘고는 불만이 폭발한 민중의 손에 의해 파괴되어 폐허로 변했던 것이다.

"이 수도승 망나니들아! 그대들의 죄는⋯⋯."

나는 이들에게 욕이라도 한 바가지 해주고 싶어 입을 열었으나 곧 다물 수밖에 없었다. 갑자기 내가 서 있는 발치에서 말뚝에 묶여 못이 박힌 채 십자가 형벌을 받고 있는 망령이 나타났기 때문이다. 나도 놀랐지만, 말뚝에 묶인 망령도 나를 보고 놀랐는지 잔뜩 인상을 쓰며 몸을 뒤척였다. 내가 좀 더 자세하게 보려고 허리를 숙이자, 카탈라노가 끼어들어 말했다.

"저자는 백성을 위해 한 사람[132]이 순교해야 한다고 바리새인들에게 충고했던 자[133]라오. 그 대가로 저리 참혹한 형벌을 받고 있는 것이지요. 벌거벗은 몸으로 땅바닥에 드러누워 있어, 누군가 그 위로 지나가면 납으로 된 망토가 얼마나 무거운지 먼저 느끼게 된답니다. 그의 장인[134]과 그의 말에 동조했던 유대인들

---

131) 기벨린당. 신성로마제국 황제를 추종한 세력이다.

132) 예수 그리스도.

133) 예루살렘의 대제사장이었던 가야파. 로마 총독 빌라도에게 예수를 대역죄인으로 고발해 십자가형을 받게 하였다.

134) 안나스. 대제사장 출신으로 유대교계의 막후 실력자였다.

도 이곳 구덩이에서 마찬가지로 참혹한 형벌을 받고 있다오."

이번에는 스승님도 그 참혹한 모습에 적잖게 놀라는 모습이었다. 잠시 후 스승님은 카탈라노에게 우리가 안전하게 빠져나갈 수 있는 탈출구를 물었으나, 대답은 엉뚱하게도 로데린고가했다.

"멀지 않은 곳에 돌다리가 하나 있소. 비록 다리가 허물어져제 역할은 못하지만 바위들이 쌓여 있는 골짜기를 따라가면 위로 올라갈 수 있을 것이오."

그 말을 들은 베르길리우스는 큰 낭패를 보았다는 표정으로꿍 하고 신음을 토했다. 스승님의 말씀에 따르면, 마귀들의 대장말라코다가 제 졸개들을 시켜 안내한 곳은 우리가 애초 의도했던 목적지와 전혀 달랐던 것이다. 결국 말라코다에게 속았던 셈이었다.

제24곡

반니 푸치의 불행한 예언

스승님은 다소 화가 난 표정으로 앞장서 로데린고가 일러준 길을 따라 걸음을 옮겼다. 물론 그 뒤에는 내가 있었다. 한참 후, 무너진 다리에 이르러서야 스승님은 평정심을 회복한 듯 예전처럼 자상하게 나를 인도했다.

길은 몹시 험하고 위험했다. 무너진 바위들을 피해 벼랑을 기어올라 천신만고 끝에 아치형의 꼭대기에 이르러서야 겨우 한숨을 놓을 수 있었다. 나는 기진맥진해 쓰러졌다. 얼마나 길이 험했던지 무게가 없는 영혼인 스승님조차 힘들어 보일 정도였다. 내가 쓰러져 거친 숨을 토해내는 것을 보고 스승님은 여기서 주저앉아 쉴 여유가 없다며 어서 일어나라고 채근

했다.

"우리에겐 아직 가야 할 길이 멀다네. 그 길도 우리가 방금 지나온 길처럼 험할 걸세. 자네 영혼의 힘으로 지친 육체를 일으켜 세우게나. 물론 앞으로도 지칠 때마다 그래야 할 거야. 그리고 이 모든 것은 바로 자네를 위한 것이라는 사실을 잊지 말게. 자, 어서 일어나게나."

나는 스승님의 말씀에 용기를 얻어 불쑥 몸을 일으켰다. 우리는 다시 좁고 울퉁불퉁한 길을 걸어 일곱 번째 구덩이의 초입에 이르렀다. 저 아래쪽 구덩이에서 무슨 신음소리 같은 알아들을 수 없는 소음이 들리는 것 같았다. 나는 궁금하여 아래쪽을 내려다보았지만 어두워서 아무것도 볼 수 없었다. 우리는 방향을 바꾸어 여덟 번째 구덩이와 이어지는 다리 아래로 내려가서야 구덩이 속을 볼 수 있었다.

나는 구덩이 속에서 우글거리는 각양각색의 뱀들을 보고서 기겁했다. 갑자기 온몸의 피가 얼어붙는 듯한 오싹한 느낌에 소름이 돋아나는 것이었다. 그 생김새도 무척 다양하고 흉측한데다 뭐라 설명할 수 없는 기분 나쁜 악취를 내뿜고 있었다. 사악하고 교활한 뱀이 많기로 유명한 저 세상의 리비아 사막과 에티오피아 사막과 홍해 주변의 뱀들을 다 합해도 이곳에 비하면 새발의 피일 것이라는 생각이 들 정도였다.

그런데 더욱 오싹한 것은 구덩이 속의 뱀들에게 쫓겨 우왕좌

왕하는 망령들의 모습이었다. 그들은 벌거벗은 채로 뱀들이 우글거리는 구덩이 속에서 하염없이 쫓기고 있었다. 어디 한 군데 몸을 피할 곳이라고는 없었고, 마법의 돌[135]을 찾아낼 가망도 없었다. 뒤로 젖힌 그들의 양손은 뱀들로 결박되었고, 허리에는 뱀의 머리와 꼬리가 삐져나와 앞쪽에서 뒤엉켰다.

우리가 잠시 그 참혹한 광경에 시선을 주고 있는 사이에 뱀 한 마리가 날아올라 지나가던 망령의 목과 어깨 사이를 물어뜯었다. 그러자 망령은 순식간에 불에 타서 한 줌 재가 되어 부서져 내렸다. 하지만 그것도 잠시, 한 줌의 재는 무슨 마술을 부리듯 순식간에 본래의 모습을 되찾았다. 그것은 마치 500년을 살고 죽었다가 다시 살아난다는 전설의 새 불사조를 연상시켰다. 다시 제 모습을 찾은 망령은 자신이 금방 겪었던 처참한 고통이 실감나지 않는지 멍한 상태로 주변을 둘러보고는 깊은 탄식의 한숨을 토해냈다.

우리는 망령에게 가까이 다가갔다. 그리고 베르길리우스가 바로 물었다.

"그대는 누구인가?"

"나는 얼마 전에 토스카나에서 이 지옥의 구덩이 속으로 떨어진 자라오. 내 생전에는 짐승처럼 막 살았지요. 후레자식답게

---

135) 독을 제거해 준다고 알려진 신비의 돌.

사람보다 짐승의 삶을 좋아한 나는 반니 푸치[136]라는 짐승이오. 피스토이아[137]는 나한테 어울리는 소굴이었소."

그런데 가만히 보니 망령은 저 세상에서 내가 만나본 기억이 있는 자였다. 그래서 망령에게 알은 체를 하자 망령도 나를 훑어보더니 돌연 얼굴을 붉히며 말했다.

"내 생전에 별꼴을 다 보고 살았지만 지금보다 수치스러운 적은 없었소. 그대에게 이런 꼴을 보이다니! 허나 이왕 이렇게 된 마당에 뭘 더 숨길 게 있겠소. 그대가 묻는다면 내 솔직하게 대답하리다."

그래서 나는 물었다.

"그대는 생전에 무슨 죄를 지었기에 이 지옥의 구덩이에 떨어지게 된 것이오?"

"내가 여기 떨어지게 된 것은 생전에 교회의 성스러운 물건을 훔치고 그 죄를 다른 사람에게 덮어씌웠기 때문이라오. 그대는 나를 보고 인과응보라고 생각할 테지만, 그대의 운명도 그리 밝지만은 않을 것이오. 이제 내가 그대의 운명을 예언을 할 테니

---

136) 피스토이아의 귀족인 라차리 집안의 사생아로, 성질이 거칠고 극단적인 면모를 보였다. 흑당의 일원으로 피스토이아의 정치 싸움에 적극적으로 가담하는 한편, 살인과 약탈도 자행하였다. 심지어 동료와 짜고 피스토이아 대성당에서 성물을 훔쳐내기도 했는데, 이 때문에 엉뚱한 사람이 누명을 쓰고 처형당할 뻔했다. 결국 진범들이 체포되었지만, 그는 달아나고 동료만 처형되었다.

137) 피렌체 근처의 도시로, 당쟁이 끊이지 않았던 이곳을 단테는 피렌체만큼이나 증오하였다.

잘 들으시오. 머잖아 피스토이아에서 흑당이 망하고 피렌체에서는 백성과 풍습이 바뀌게 될 것이오.[138] 마르스[139]는 검은 구름으로 뒤덮인 마그라 계곡에서 번개[140]를 불러내어 모진 폭풍우와 함께 피노체 벌판에서 싸울 것이고, 흩어지는 안개 속에서 모든 백당도 상처를 입고 흩어질 것이오. 바로 그때부터 그대의 고난과 유랑이 시작될 것이오."

나는 반니 푸치의 예언에 전율했다. 그것은 내 운명에 대한 저주에 다름이 아니었기 때문이다.

---

138) 1301년 피스토이아에서 백당이 피렌체 백당의 도움을 받아 흑당을 몰아내는 데 성공한다. 그러나 얼마 후 피렌체에서는 흑당이 백당을 몰아내고 승리한다.

139) 로마 신화에 나오는 전쟁의 신으로, 그리스 신화의 아레스와 동격이다.

140) 마그라 강 계곡에 자리한 루니지아나 지방의 모로엘로 말라스피나 후작을 가리킨다. 그는 피렌체의 흑당과 결탁해 정쟁에 적극적으로 가담하였다.

제25곡

피렌체의 도둑들이 받는 형벌

도둑질한 자의 망령은 말을 하면서도 하늘에다 대고 상스러운 손짓을 해댔다. 지옥의 구덩이에 떨어져서도 신성을 모독하는 불한당의 행태를 버리지 못하고 있었던 것이다. 하느님도 두려워하지 않는다는 방자함이 하늘을 찌를 기세였다. 나는 이자의 망발을 더는 두고 볼 수가 없어 스승님에게 무언의 도움을 요청했다.

그때였다. 어디서 날아왔는지 뱀 한 마리가 망령의 목을 휘감는가 싶더니 다른 뱀 마리가 또 날아와 양팔을 결박했다. 이제는 꼼짝할 수 없는 처지가 된 망령은 고통으로 몸부림쳤다. 그 모습에 나도 모르게 탄식과 저주가 쏟아졌다.

"아, 어리석은 자여. 그리고 그대와 같은 독신자를 배출한 도시 피스토이아여. 차라리 불타 재가 되어버려라. 반니 푸치여, 그대는 어찌하여 한 줌의 재로 돌아가지 못하고 신을 모독하고 있는가? 내 지금까지 지옥의 여러 구덩이를 지나왔지만 그대와 같은 망령은 본 적이 없다. 일찍이 테베의 성벽에서 떨어진 자[141]도 그대와 같은 신성모독은 하지 않았거늘……."

내가 말을 마치기도 전에 반니 푸치는 줄행랑을 쳤다. 그때 켄타우로스[142] 하나가 천둥 같은 고함을 치며 달려왔다. 켄타우로스의 등에는 수많은 뱀들이 뒤엉켜 있었고, 어깨 위에는 날개를 펼친 용이 올라앉아 불을 내뿜고 있었다. 그 서슬에 놀란 내가 주춤하면서 한 걸음 물러서자, 스승님께서 말씀하셨다.

"저놈은 카쿠스[143]라네. 헤라클레스한테서 소를 훔쳤다가 결국 몽둥이찜질을 당해 죽었지. 그런데도 저놈은 이곳에 떨어져서도 도둑질을 멈추지 않아 제 동료들과 어울리지 못하고 있다네. 원래는 헤라클레스에게 백 대의 몽둥이를 맞아야 했는데 그만 열 대밖에 맞지 않고 죽었기 때문에 제 버릇을 버리지 못했다고 하는군."

---

141) 제우스의 번개를 맞고 죽은 카파네우스.

142) 그리스 신화에 나오는 반인반마(半人半馬)의 괴물 종족.

143) 그리스 신화에 나오는 거인 괴물로, 머리가 셋 달리고 입으로는 불을 뿜었다. 그런데 여기서는 켄타우로스와 불을 뿜는 용이 결합된 형태로 그려지고 있다.

베르길리우스가 말하는 사이에 카쿠스는 저만치로 사라지고, 뒤쪽에서 세 망령이 다가왔다. 그들은 얘기를 나누고 있었는데, 서로 부르는 이름을 들어보니 아뇰로[144]와 부오소,[145] 푸치오[146]였다.

그리고 내 귀에 익은 이름 하나가 그들 사이에서 흘러나왔다. 바로 치안파[147]라는 이름이었다. 내가 그의 처지를 물어볼 속셈으로 입을 열려 하자, 스승님이 급히 만류했다. 그럴 만한 이유가 있겠다 싶어 나는 조용히 그들의 모습을 지켜보기만 했다.

잠시 후, 내 눈앞에서 보고도 믿을 수 없는 참혹한 광경이 벌어졌다. 갑자기 여섯 개의 발이 달린 뱀이 나타나서 한 명에게 달라붙었던 것이다. 뱀은 가운데 발로 배를 휘감고, 앞발로는 두 팔을 붙잡은 상태에서 망령의 양쪽 뺨을 물어뜯었다. 그리고 뒤쪽 발로는 허벅지를 누르고 사타구니 사이로 꼬리를 집어넣어 망령의 등허리 쪽에 붙였다. 그러자 둘이 하나의 기괴한 형체로 합쳐지기 시작했는데, 이를 바라보던 두 망령이 외쳤다.

"이런, 아뇰로! 네 몸이 변하고 있어. 넌 지금 둘도 아니고 하

---

144) 피렌체의 브루넬레스키 가문 출신으로, 어렸을 때부터 부모님의 지갑을 털다가 나중에는 강도짓까지 하게 되었다고 한다.
145) 피렌체의 도둑이라는 것 외에 알려진 바는 없다.
146) 피렌체 기벨린당의 일원으로, 절름발이였으며 특이하게도 낮에만 도둑질을 했다고 전한다.
147) 피렌체 도나티 가문 출신의 기사로, 도둑질을 일삼았다.

나도 아니야."

두 개의 머리통이 하나로 합쳐지면서 각각의 얼굴도 뒤섞인 채로 한 얼굴이 되었다. 두 팔은 두 앞발과 합쳐졌고, 허벅지와 다리, 배, 가슴은 일찍이 본 적도 없는 형상의 사지가 되었다. 그렇게 한 몸이면서 아무것도 아닌 형상으로 망령은 어슬렁거리며 사라졌다. 이어서 또 다른 한 마리의 뱀이 번개처럼 재빠르게 날아와 다른 한 명의 배를 뚫고 바닥에 떨어졌다. 이번 뱀은 발이 네 개였다. 배가 뚫린 망령은 다리가 합쳐져 꼬리가 되고, 팔이 줄어들어 앞발이 되었으며, 생식기가 갈라져서는 뒷발을 이루었다. 반대로 뱀은 꼬리가 갈라져 다리가 되고, 앞발은 자라 팔이 되었으며, 뒷발이 합쳐져 생식기로 변하는 것이었다. 이렇게 뱀이 되어버린 망령은 골짜기로 사라졌다. 그리고 사람으로 변한 망령은 멀거니 서 있는 망령에게 말했다.

"내가 했던 것처럼 부오소도 이곳을 기어서 달리게 되었군."

나는 눈앞에서 일어난 일들이 마치 지독한 악몽을 꾸는 것 같은 생각이 들었다. 그것은 분명 현실이면서도 비현실적이었다. 바람이 불 때마다 그 모습을 바꾸는 사막의 모래 언덕일지라도 이처럼 변화무쌍할 수는 없을 것이다. 나는 정신이 혼미해지고 눈이 어지러워 쓰러질 지경이었다. 다만 그 와중에서도 마지막으로 제 모습을 유지한 망령이 푸치오라는 것만큼은 알 수 있었다.

제26곡

오디세우스의 운명의 항해

　나는 무거운 발걸음으로 베르길리우스의 인도를 받아 여덟 번째 구덩이의 바닥을 볼 수 있는 기슭에 이르렀다. 이 구덩이 속에서는 사기꾼과 모략꾼들이 벌을 받고 있었다. 그들은 모두 한때 영웅이거나 왕자들이었다. 우리가 바닥을 내려다보자 마치 거대한 반딧불이 무리가 빛을 내며 날아다니는 것 같은 광경이 펼쳐지고 있었다. 수많은 불꽃이 허공에서 화려하게 춤을 추는 한여름 밤의 축제처럼 보일 정도였다. 그러나 좀처럼 죄인들은 보이지 않았다. 불꽃 하나하나가 죄인들의 형체를 가리고 있었기 때문이다. 마치 엘리아[148)]

---

148) 죽을 때 불 말이 이끄는 불수레를 타고 회오리바람에 휩싸여 하늘로 올라갔다.

의 마차가 하늘로 올라갈 때 제자[149]의 눈에 높이 치솟는 구름 같은 불꽃만 보였던 것과 같은 형국이었다. 스승님 말씀에 따르면, 이곳 구덩이의 불꽃은 스스로를 불태우고 있기 때문에 영원히 꺼지지 않는다고 했다. 그 죄가 클수록 불꽃은 활활 타올라 망령의 모습을 볼 수 없었다.

나는 불꽃들 속에서 유독 거세게 두 가닥으로 타오르는 불꽃을 발견했다. 스승님에게 저 불꽃 속에서는 누가 불타고 있는지를 물었다.

"오디세우스[150]와 디오메데스[151]라네. 그들은 전쟁에 이기기 위해 계략을 꾸몄지. 목마의 술수로 고귀한 로마의 조상[152]이 굳게 닫혀 있던 성문을 빠져나가게 했고, 또한 아킬레우스를 교묘하게 전장으로 꾀어내어 그의 애인 데이다메이아[153]가 절망 끝에 자살하게 만든 죄를 받고 있는 거라네. 아마 지금 저들은 불꽃 속에 갇혀 후회를 하고 있을 걸세."

---

149) 성경에 나오는 예언자 엘리사.
150) 이타케 섬의 왕으로, 용맹과 기지가 뛰어났으며 목마 속에 군사들을 숨기는 속임수로 트로이를 함락하였다.
151) 아르고스의 왕으로, 80척의 선단을 이끌고 트로이 전쟁에 참가하였다.
152) 아이네이아스. 트로이의 뛰어난 용사로, 왕족 안키세스와 미의 여신 비너스 사이에서 태어났다. 베르길리우스의 서사시 『아이네이스』에 따르면, 트로이 성이 함락당한 후에 이탈리아로 건너가 로마를 건국하였다.
153) 스키로스 섬의 왕 리코메데스의 딸로, 아킬레우스를 사랑해 아들을 낳았으며 아킬레우스가 전사했다는 소식을 듣고 자결했다.

나는 스승님에게 저들 망령의 목소리를 직접 듣게 해달라고 부탁했다. 내 부탁을 수락하면서 스승님은 다만 망령들에게 질문은 자신이 할 터이니 옆에서 가만히 듣고만 있으라고 주의를 주었다.

허공에서 반짝이며 일렁이던 불꽃이 가까이 다가오자 스승님이 말했다.

"오, 두 가닥의 불꽃으로 갈라져 타오르는 망령들이여, 나 베르길리우스가 그대들 생전의 이야기를 시로 쓴 적이 있다는 사실을 알고 있을 것이오. 그대들이 어떻게 해서 죽었는지 말해 줄 수 있겠소? 내 예전 시[154]에서 그대들의 죽음에 이르는 여정을 읽어본 적은 있으나 그건 오래된 일이고 기억도 가물가물하니 그대들에게 직접 듣고 싶소이다."

그러자 두 개의 불꽃이 무슨 소리를 내며 한참을 흔들렸다. 오디세우스의 불꽃이 더 크게 흔들리는가 싶더니 이윽고 말소리가 흘러나오기 시작했다.

"우리의 귀국길은 파란만장했다오. 그 얘기를 여기서 어떻게 다 하겠소. 아주 짧게 대강만을 얘기한다 해도 며칠은 걸릴 것이오. 그러니 그대들에겐 거두절미하고 말하겠소. 전쟁을 마친

---

154) 호메로스의 영웅서사시 『오디세이아』. 서사시의 주인공 오디세우스는 오랜 방황 끝에 귀향하는데, 여기서는 그가 부하들과 미지의 바다로 나갔다가 난파당해 죽은 것으로 그려지고 있다.

우리는 고향으로 돌아가기 위해 항해를 시작했다오. 우여곡절 끝에 우리는 태양신의 딸 키르케[155]가 살고 있는 섬에 도착했지만, 키르케가 내 동료들을 돼지로 만들어 어쩔 수 없이 그곳에서 살며 자식을 두기도 했소. 그러나 고향에 대한 향수도 자식에 대한 살가움도 이 세상에 대해 더 알고 싶은 내 호기심과 욕망을 억누르지는 못했소. 그래서 그때까지 사람으로 남아 있던 동료 몇 명과 배를 타고 바다로 나갔소."

우리는 오디세우스의 목소리에 계속 귀를 기울였다.

"말하자면 새로운 모험이 시작됐던 거요. 우리는 지중해로 나아가 저 멀리 스페인과 모로코에 이르기까지 여러 해안과 섬들을 둘러보며 항해를 계속했소. 나와 동료들은 늙고 기운도 쇠잔한 백발의 노인들이 다 돼서야 헤라클레스가 경계선을 세워 놓은 좁고 험한 해협[156]에 이르렀소. 나는 일장 연설로 동료들의 심장에 모험의 열망을 채웠고, 우리는 다시 힘을 내 고물을 동쪽으로 향하고서[157] 항해를 시작했소. 서남쪽으로 내려갈수록 북극성이 점차 그 모습을 감추더니 어느 날부터는 완전히 사라져 보이지 않았소. 그리고 비로소 바다로 나온 지 다섯 달이 지

---

155) 헬리오스의 딸로, 오디세우스의 부하들을 돼지로 만들었다.
156) 지브롤터 해협.
157) 뱃머리는 서쪽을 향해 있어서 계속 서남쪽을 향해 항해하고 있는 셈이다.

났을 때 저 멀리 지금까지 보지 못했던 웅장한 산이 그 모습을 나타냈다오. 나와 동료들은 산을 보고는 흥분해 환호성을 질렀지만, 그것도 잠시 우리는 곧 비탄을 맛보아야 했소. 그것은 미지의 산으로부터 강력한 회오리바람이 불어와 우리가 탄 배의 뱃머리를 강타하기 시작했기 때문이오. 그렇게 두 번 세 번 강타를 당한 배는 휘청거리며 기울기 시작했고, 네 번째 이르러서는 마침내 뱃머리와 함께 바다 속으로 침몰하고 말았소. 물론 내 운명도 배와 함께 침몰했소."

제27곡

불꽃의 영혼 구이도 다 몬테펠트로

말을 마친 오디세우스의 불꽃은 기운을 잃고 우리에게서 멀어져 갔다. 베르길리우스는 무거운 발걸음으로 사라지는 오디세우스에게 감사의 말을 전했다.

"우리를 위해 이렇게 얘기를 해주어서 고맙소이다. 이제 더 이상 물을 게 없다오. 내가 괜한 질문으로 그대의 과거의 아픈 상처를 들춰내게 해서 미안하구려."

이렇게 해서 오디세우스와 작별하고 다음 여정을 위해 떠나려고 하는데, 새로운 불꽃 하나가 비명을 지르며 우리의 발걸음을 막고 나섰다. 곧이어 비명이 잦아들면서 사람의 목소리가 흘러 나왔는데, 그는 자신을 우르비노[158]와 테베레의 발원지 사이의 산골 사람[159]이라고 소개한 다음 우리와 얘기를 나누고 싶다고 말했다. 그는 자신이 살았고 다스리던 이탈리아 동북부의 도시 로마냐의 소식을 알고 싶다고 간청했다.

베르길리우스는 나보고 상대하라고 넌지시 눈짓을 보냈다. 나는 간단하게 로마냐의 소식을 전해주었다.

"영원한 불꽃에 휩싸인 영혼이여, 내가 지상을 떠날 무렵에는 로마냐에 큰 전쟁은 없었다오. 그러나 인간 세상의 일은 한 치 앞을 내다볼 수 없으니, 언제 파당간의 권력 투쟁이 일어나 전쟁의 먹구름이 밀려올지는 알 수 없는 일이지요."

그러자 불꽃은 자신이 생전에 교황[160]과 손잡고 적군[161]을 격파했던 전공을 자랑스레 내세우며 거들먹거렸다.

"아니, 대체 당신들은 누구를 위해 전쟁을 벌였단 말이오. 당신은 전공을 내세우지만 그 전쟁에서 죽은 시민들의 생각은 안 해봤소? 그들이 왜 당신들 때문에 죽어야 했는지 반성부터 하란 말이오. 그러니 절대 자랑스러운 일은 아니지요."

---

158) 이탈리아 중동부에 있는 작은 도시.
159) 테베레 강의 발원지는 이탈리아 중동부의 코로나로 산이고, 그곳과 우르비노 사이의 산골은 몬테펠트로를 가리킨다. 이곳 출신으로 로마냐를 다스린 인물은 '구이도 다 몬테펠트로'이다. 그는 기벨린당의 당수로, 1295년 교황 보니파시오 8세에게 복종하기까지 로마냐와 토스카나에서 교황에 반대하여 싸웠다.
160) 마르티누스 4세.
161) 프랑스 군대.

나는 벌컥 화를 내며 무고한 시민들을 학살한 게 뭐 그리 자랑스러운 일이냐고 쏘아붙였다.

베르길리우스는 내가 화를 내자 좀 놀랐는지 화를 삭이라고 충고했다. 그러고는 저 불꽃의 영혼이 살아생전에 한때 인생의 허무함을 깨닫고 수도승이 된 적도 있다고 말하면서 그의 말을 더 들어볼 것을 권유했다. 내가 그에게 말했다.

"그대가 할 말이 있으면 해보시오. 세상에서 당신의 이름이 명예롭기를 바란다면 말이오."

그러자 불꽃이 잠시 일렁이는가 싶더니 이번에는 자신의 신세타령을 한바탕 늘어놓았다. 그는 이 지옥의 구덩이에서 자신이 받고 있는 형벌에 대해 체념하고 있었다. 어차피 죄를 짓고 지옥에 떨어진 몸으로 그 누구도 살아서 이 지옥을 벗어날 수 없다는 것을 알고 있는 느낌이었다. 그리고 그 체념에는 일말의 뉘우침이 있었다. 그가 자신의 전생을 회고하듯이 얘기를 시작했다.

"나는 사자[162]보다는 여우처럼 살아왔소이다. 나는 여우가 그렇듯이 꾀주머니를 차고 온갖 권모술수를 능란하게 구사해 세상에 이름깨나 알려지게 되었소. 그러나 나이가 들어 인생을 정리할 시기가 되자 뒤늦게 지난 시절에 내가 행했던 모든 행동들이

---

162) 구이도가 당수를 지낸 기벨린당의 문양은 사자였다.

후회가 되었다오. 그래 밧줄을 허리에 두르고[163] 속죄의 길을 가고자 했지요. 그런데 불행하게도 그 무렵 새로운 바리새인들의 왕[164]이 나타나 내 신세를 망쳤소. 아마 지금쯤 그도 여기 어디서 나보다 훨씬 더 참혹한 형벌을 받고 있을 것이오."

베르길리우스는 눈살을 찌푸렸다. 스승님은 자신의 잘못은 보지 못하는 어리석은 태도에 몹시 실망한 기색이었다. 하지만 불꽃은 태연하게 말을 이었다.

"아무튼 그 작자에게는 여우처럼 간교한 내 꾀주머니가 필요했고, 나는 그에게 봉사하는 대가로 천국에 들어가게 해주는 면죄부를 받기로 했다오. 그러나 이러한 거래는 나에게 죽음의 길로 접어드는 지름길이 되었소. 수도승이 된 지 1년 만에 검은 천사에게 머리채를 잡혀 이 지옥 구덩이에 떨어지고 말았던 거요. 나는 곧장 지옥의 심판관 미노스 앞에 서게 되었고, 미노스는 그 무시무시한 꼬리로 나를 여덟 번 휘감아 바로 이 구덩이로 보내버렸소. 영원히 꺼지지 않는 불꽃 속에서 형벌을 받아야 한다는 판단이었소. 이것이 내가 불꽃 속에 갇혀 고통을 당하며 비탄과 눈물로 하루하루를 보내고 있는 이유라오."

말을 마친 망령은 불꽃을 한 번 치켜들더니 홀연히 사라졌다.

---

163) 프란체스코 수도회의 수도승들은 청빈함의 상징으로 허리에 끈을 묶었다.
164) 교황 보니파시오 8세.

제28곡

분열하고 이간질한 망령들

나는 다시 베르길리우스의 인도 아래 바윗길을 지나 또 다른
아치형의 문에 이르렀다. 아홉 번째 구덩이의 기슭이었다. 아래
를 내려다보니 구덩이 속에서는 생전에 불화와 분열, 그리고 이
간질을 일삼았던 죄인들의 망령이 벌을 받고 있었다. 하느님이
하나 되게 한 것을 찢고 절단한 것이 이들의 죄였던 것이다.

아무리 뛰어난 시인이라도 내가 지금 목격하고 있는 참혹한
광경을 묘사할 수는 없을 것이다. 인간의 언어로는 도저히 감당
이 안 되는 무시무시한 광경이 벌어지고 있었다. 죄인들은 온몸
을 난자당한 듯 피투성이였고, 바닥은 핏물로 진창을 이루고 있
었다. 지금껏 저 이탈리아의 대지 위에 뿌려진 피를 다 합해도

이곳 아홉 번째 구덩이에는 미치지 못할 것 같았다. 참으로 징그럽고 끔찍하기 그지없는 광경이 눈앞에서 벌어지고 있었다.

우리 앞에 모습을 드러낸 첫 번째 망령은 턱부터 엉덩이에 이르기까지 완전히 반으로 갈라져 있는 기괴한 모습이었다. 그의 두 다리 사이로는 핏물이 흘러내리는 시뻘건 오장육부가 다 튀어나와 걸려 있었다. 그는 자신을 쳐다보고 있는 우리를 발견하고는 가슴의 절개된 상처를 쩍 벌리고는 미친 듯이 소리를 쳤다.

"찢어진 나를 보아라. 나 무함마드[165]가 어찌 되었는지 확인하라. 저기 앞에는 알리[166]가 울며 지나가고 있다. 그는 턱에서 이마까지가 쪼개져 있도다. 이 상처들이 아물라치면 악마가 다가와 칼로 다시 베어버리니 참으로 잔인하구나. 그런데 그대는 누구인가? 어찌 온전한 상태로 이곳을 지나고 있는가?"

무함마드는 내가 살아 있는 육체와 영혼을 소유한 인간이라는 사실을 믿지 못했다. 그래서 베르길리우스가 내가 지옥의 순례에 나선 저간의 사정을 설명해 주었다.

그 설명을 듣고 놀란 수많은 망령들이 구덩이 속에서 일제히 나를 바라보았다.

---

165) 이슬람교의 창시자로, 영어식 표현으로는 마호메트라 불린다. 단테는 그를 그리스도교 내부에 분열을 조장한 죄인으로 여겨 지옥으로 떨어뜨렸다.
166) 마호메트의 사촌이자 사위로, 마호메트가 사후에 4대 칼리프가 되었으나 후계자를 정하지 못한 채 사망함으로써, 수니파와 시아파 분열의 단초를 제공하였다.

그럼에도 무함마드는 여전히 의심스런 눈초리로 쏘아보며 나를 향해 부탁을 했다.

"그대가 정녕 저 세상으로 돌아가 태양을 볼 수 있다면, 내 부탁을 들어주시오. 부디 돌치노[167] 수도승을 만나거든 내 말을 전해 주기 바라오. 지금 당장 나를 뒤쫓아 이 지옥의 구덩이에 떨어지기 싫거들랑 식량을 충분히 확보해 두라고. 그렇지 않으면 폭설로 인해 노바라[168]인들이 언제 승리를 빼앗길지도 모르니까."

무함마드는 말을 마치고는 뒤에서 오는 망령들에 밀려 어쩔 수 없이 사라졌다.

그다음 우리가 만난 망령들은 정치적으로 불화와 분열을 일으켜 형벌을 받고 있는 자들이었다. 그들 중 목에 구멍이 나고 코는 눈썹까지 잘려나갔으며, 귀는 한 개만 남은 망령이 시뻘건 피로 가득한 목구멍을 열어 알은 체를 했다.

망령은 자신을 메디치나의 피에르[169]라고 소개하면서, 이탈리아 땅에서 나를 본 적이 있다고 했다. 그러고는 파노의 두 사람

---

167) 그리스도의 사도이자 예언자를 자처한 인물로, 자신을 따르는 신도 5천 명을 이끌고 제벨로 산으로 들어갔다. 교황 클레멘스 5세의 군대와 싸우다가 식량 부족과 추위 때문에 항복하였고, 화형에 처해졌다. 마호메트는 돌치노에게 자신과 같은 꼴을 당하지 말라는 역설적 경고의 말을 했던 것 같다.

168) 이탈리아 북서부 알프스 근처의 도시. 이곳 사람들은 교황의 군대에 참가해 돌치노의 무리와 싸웠다.

169) 로마냐 지방의 영주들을 이간질한 자로 추측된다.

구이도와 안졸렐로[170]에게 불행한 정치적 예언을 전해 줄 것을 부탁했다. 나는 그 부탁을 수락하면서 그들의 목숨을 결정하는 것은 결국 그 사람들의 운명에 달려 있는 것이라고 말해 주었다.

그다음 만난 망령은 피에르의 소개에 따르면, 세 치 혀를 놀려 카이사르로 하여금 망설임을 떨쳐버리게 했던 자[171]였다. 그는 그 죄로 목구멍에서부터 혀가 잘린 채 공포에 떨고 있었다. 물론 말을 할 수도 없었다.

그리고 다른 한 망령이 손이 다 잘린 짤막한 양 팔을 허공에 쳐든 채 흘러내리는 피로 얼굴을 적시며 고함을 지르고 있었다. 그는 내가 잘 아는 모스카[172]였다. 내가 혀를 차며 쏘아붙였다.

"쯧쯧, 그렇게 피로 목욕을 하다니, 그대가 얻은 거라곤 가문 의 비참한 몰락뿐이군."

그러자 모스카는 고통에 싸여 미친 사람처럼 몸부림치더니 훌쩍 떠나버렸다.

나는 계속해서 구덩이 속의 망령들을 바라보다가 눈에 확 띄 는 자를 발견하고는 놀랐다. 그는 자신의 잘린 머리를 초롱불처

---

170) 파노의 귀족으로 말라테스티노의 초청을 받고 가던 중 바다에 빠져 익사했다.

171) 가이우스 스크리보니우스 쿠리오. 로마의 정치가로, 루비콘 강 앞에서 망설이는 카이 사르를 부추겨 강을 건너도록 만들었다. 결국 카이사르는 로마의 권력자가 되었지만, 그 과정에서 폼페이우스의 군대와 싸우게 된 분열의 죄를 단테는 묻고 있는 듯하다.

172) 람베르티 가문에 속한 인물로, 단테는 그를 겔프당과 기벨린당 사이를 분열시켜 복수 가 이어지도록 한 장본인으로 보았다.

럼 양손으로 받쳐 들고 있었는데, 걸음을 옮길 때마다 피가 쏟아졌다. 그 머리는 우리를 쳐다보며 신세 한탄을 쏟아냈다.

"내가 받고 있는 형벌을 보시오. 이보다 더 끔찍할 수는 없을 것이오. 나는 보른의 베르트랑[173]이오. 생전에 나는 아버지와 아들이 반목하게 한 죄를 지었다오. 서로 굳게 믿는 부자 사이를 내가 갈라놓았으니, 그 벌로 내 머리를 몸뚱어리에서 떼어내 이렇게 들고 다니는 거라오."

베르트랑의 망령은 진심으로 뉘우치고 있는 모습이었다. 그의 떼어낸 눈에서는 시뻘건 핏물이 연신 흘러내리고 있었다.

---

173) 12세기 후반 프랑스 남부 지방 페리고르의 귀족으로, 프로방스 문학의 대표적인 시인으로 꼽힌다. 그는 영국 왕 헨리 2세의 신하였지만, 장남 헨리 3세가 아버지를 모반하도록 교사했다.

제29곡

연금술사가 받는 형벌

내가 이 지옥의 구덩이에서 본 것 중 어느 것 하나 연민 없이 볼 수 있는 광경은 없었다. 나는 그만 울고 싶은 심정에 사로잡혔다.

그때 베르길리우스는 내게 죄인들의 죄는 보지 못하고 그 결과인 참혹한 형벌에만 집착하지 말 것을 충고했다. 아울러 갈 길이 머니 더는 지체하지 말고 따를 것을 지시했다.

그렇지만 나는 더 많은 망령들을 만나보고 싶은 미련이 남아서 숙부에 대한 얘기를 꺼냈다. 그러자 스승님은 기다렸다는 듯이 말했다.

"내 그럴 줄 알았지. 사실 난 아까 제리 델 벨로[174]라고 불리는

자네의 친척을 보았네. 자네가 베르트랑에 눈이 팔려 있을 때였지. 그런데 그자는 자넬 반가워하기는커녕 거칠게 삿대질을 하며 쌍욕을 퍼붓더군. 차라리 자네가 못 본 게 다행이지 않은가. 그러니까 이 지옥에서는 혈육이라고 해도 집착을 하지 말게나."

나는 스승께서 말한 친척을 떠올리며 잠시 처연해졌다. 그가 살해된 지 30년이 넘었건만 문제가 된 가문 간의 피의 복수는 계속되고 있었다. 결국 그는 두 가문을 분열시킨 죄로 이 구덩이에서 벌을 받고 있었던 것이다. 스승님 말씀대로 그가 나에게 쌍욕을 퍼부었다면, 그건 아마 내가 그의 원수를 갚는 데 적극 나서지 않았기 때문이리라.

다시 길을 나서 돌다리를 지나니 우리 앞에 골짜기가 나타났다. 사방이 어둠에 둘러싸여 있어 골짜기 아래 열 번째 구덩이를 볼 수는 없었다. 대신 우리가 구덩이 앞에 이르자 괴상한 소리가 들려왔다. 그 소리는 비명의 화살이 아니라 연민의 화살처럼 우리 귀에 곧장 날아들었다. 나도 모르게 두 손으로 귀를 막고 싶었다.

마치 그 소리는 한여름철이면 전염병이 창궐하는 지역인 발디

---

174) 단테의 아저씨뻘 되는 인물로, 피렌체의 사케티 가문과 정치적으로 다투다가 원한을 사서 살해되었다.

키아나와 마렘마, 그리고 사르데냐[175] 섬의 환자들이 내뱉는 신음소리를 다 합쳐 놓은 것보다 더 처절했다.

골짜기 아래로 내려가자 서서히 시야가 트이면서 신음소리에 걸맞은 참상이 벌어지고 있었다. 이 구덩이 입구에서는 정의의 여신이 생전의 죄상이 적혀 있는 장부를 들고 죄인 하나하나마다 그에 맞는 형벌을 내리고 있었다. 그 참혹한 광경은 그 옛날 전염병으로 온 도시가 떼죽음을 달했던 저 아이기나 섬[176]의 참상을 방불케 했다.

우리는 몸뚱어리가 썩어문드러진 채 여기저기 엎드려 있거나 누워 있는 수많은 망령들을 보았다. 망령들의 입에선 거품처럼 신음이 흘러나왔다. 나는 그 속에서 몸이 부스럼투성이인 두 망령이 서로 등을 맞대고 앉아 손톱으로 마구 제 몸뚱어리를 긁고 있는 모습에 눈길이 갔다. 그들의 몸에서는 긁을 때마다 상처의 딱지가 떨어져 피가 흘러내렸고, 그때를 놓치지 않고 파리가 달려들어 상처의 피고름을 빨아먹고 있었다.

베르길리우스가 두 망령에게 다가가 누구인지 묻자, 자신들

---

175) 아레초 남쪽에 위치한 이 세 지역은 여름철만 되면 늪이 조성되어 독기와 함께 각종 질병이 창궐했다.

176) 아테네 남서 사로니카 만 중앙 가까이에 있는 섬. 그리스 신화에서 제우스는 요정 아이기나에게 반해 이 섬으로 그녀를 납치해 간다. 이에 질투심에 사로잡힌 헤라가 섬에 질병을 퍼뜨려, 제우스와 아이기나가 낳은 아들인 아이아코스를 제외한 모든 사람들과 가축들이 죽었다.

이 이탈리아인이라는 사실을 밝혔다. 그중 한 망령은 아레초 출신의 연금술사[177]였다. 그는 농담으로 "나는 하늘을 나는 재주를 가지고 있다."고 입을 잘못 놀렸다가 시에나의 알베로가 지른 불에 타죽었다고 했으나, 정작 그가 이곳에 떨어진 이유는 연금술사로 가짜 돈을 만들어 유통시켰기 때문이다.

나는 베르길리우스에게 내 조국 시에나 사람들의 허영과 사치에 대해서 말했다. 그들의 허세는 프랑스인들조차 혀를 내두를 지경이었다. 그때 내 말을 듣고 있던 한 망령이 이견을 제기하며 몇몇 사람의 예를 들었다.

"지나친 금욕과 절제로 항상 거지꼴을 하고 다녔던 스트리카[178]는 제외하고, 카네이션을 곁들인 요리법을 개발한 미식가 니콜로[179]도 제외해야겠지요. 그나저나 나를 잘 보시오. 내가 누구인지 알 수 있을 테니까."

내가 가만히 보니 내게 이의를 제기했던 망령은 나병환자처럼 손톱 발톱이 다 빠지고 얼굴과 온몸이 썩어문드러져 있었다. 그럼에도 내가 그를 알아볼 수 있었던 것은 그가 다름 아닌 내 친구였기 때문이다.

---

177) 그리폴리노. 그는 시에나의 귀족 알베로에게 미움을 샀고, 알베로는 친아들처럼 사랑하는 시에나의 주교를 이용해 그를 화형에 처하게 만들었다.

178) 그는 아버지에게서 받은 유산을 방탕하게 썼다. 여기서는 반어적인 표현이다.

179) 스트리카의 형제로 사치스러운 생활을 즐겼다.

"그래, 나는 카포키오일세. 학창시절 그대의 친구이기도 했지. 연금술로 가짜 돈을 만들었다가 들통 나는 바람에 화형에 처해졌지. 하지만 그대는 내가 타고난 원숭이[180]였다는 것을 잘 알고 있을 거야."

---

180) 원숭이처럼 모방을 잘했다는 뜻이다.

사기꾼과 거짓말쟁이들

내가 카포키오의 말을 듣고 있는 사이에 벌거벗은 두 망령이 서로 상대방을 물어뜯으면서 달려가다가 갑자기 한 망령이 카포키오의 목덜미를 물어뜯었다. 카포키오는 외마디 비명을 내지르며 사지를 늘어뜨렸다.

카포키오를 물어뜯은 망령은 잔니 스키키[181]였다. 그는 축 늘어진 카포키오의 목덜미를 문 채 자갈투성이 골짜기로 질질 끌고 갔다. 그 뒤에는 카포키오의 살점이 드문드문 떨어져 있었다.

---

181) 시모네의 유언장을 가짜로 만들어준 뒤 그 대가로 가장 좋은 암말을 얻은 인물이다.

그때까지 이런 광경을 보고 있던 아레초 사람[182]이 공포에 질린 얼굴로 말했다.

"저자는 한번 미쳐 날뛰기 시작하면 아무도 막을 자가 없답니다. 그래서 모두들 피해 다니기에 바쁘지요."

사실은 나도 잔니 스키키에 대해서는 들은 얘기가 좀 있었다. 그는 성대 모사의 달인이었는데, 죽은 사람의 목소리를 흉내 내 살아 있는 것처럼 해서 가짜 유언장을 작성했다는 풍문을 들은 바 있었다. 잔니 스키키와 서로 물어뜯던 망령은 파렴치한 미르라[183]의 영혼이었다. 그녀는 사랑의 정도에서 벗어나 아버지의 여자가 되었다.

다시 아레초 사람이 말했다.

"좋은 암말을 얻기 위해 가짜 유언장을 꾸민 잔니 스키키나 자신의 욕정을 채우기 위해 변장을 하고 아버지와 동침을 한 미르라나 지옥의 저울에 달아보면 아마 똑같은 근수가 나올 겁니다."

나는 미친 듯이 서로 물어뜯던 두 망령을 뒤로 하고 앞으로 나가 다른 망령들에게 시선을 돌렸다.

먼저 내 시선을 사로잡은 망령은 얼굴이 바짝 마르고 몸은 비

---

182) 제29곡에 나오는 그리폴리노.
183) 키프로스 섬의 왕인 키니라스의 딸로, 아버지에게 연정을 품어 동침했다가 이를 알게 된 아버지한테 쫓겨났다.

대해 마치 류트 같은 형상을 한 자였다. 이 망령은 가랑이 아래
가 잘려나간 상태였다. 그리고 심한 수종으로 인한 악성 체액 때
문에 사지가 뒤틀려 있었다. 물주머니처럼 배가 볼록한데도 극
심한 갈증으로 입은 벌어진 채였다. 다름 아닌 장인(匠人) 아다모
[184]의 망령이었다. 그는 자신이 금화를 위조한 것은 모두 알렉산
드로, 아기놀포, 구이도 삼형제가 시켜서 한 짓이라고 항변했다.

내가 다시 눈을 돌려 바라보니 모락모락 김이 나는 두 망령이
아다모 곁에 있는 것이 보였다. 아다모는 그들이 자신이 여기 오
기 전부터 있었던 자들로 그 자리에서 한 번도 움직이는 것을
본 적이 없다고 했다. 내가 물었다.

"저들은 대체 무슨 죄를 지었기에 저 자리에 붙박여 뜨거운
김을 뿜어내고 있는가?"

아다모에 따르면, 한 망령은 젊은 요셉을 유혹하다 거절당하
자 앙심을 품고 모함한 거짓말쟁이[185]이고, 다른 한 망령은 트로
이 출신의 거짓말쟁이 그리스인 시논[186]이었다. 이 두 망령의 몸
에서 김이 나오는 것은 그들의 가슴 속에서 거짓의 독이 끓어오

---

184) 그는 피렌체의 금화(피오리노)를 주조했는데, 순금에 값싼 금속을 합금해 만든 가
    짜 금화를 엄청나게 주조해 피렌체의 재정이 흔들릴 정도였다. 이것이 발각되어 화형
    당했다.

185) 「창세기」에 나오는 보디발의 아내.

186) 트로이 사람들에게 일부러 포로가 된 뒤에 거짓말을 해서 목마를 성 안으로 끌고 가
    도록 했다.

르고 있었기 때문이다.

그런데 아다모의 말을 듣고 있던 시논은 분을 삭이지 못하고 아다모의 불룩한 배를 주먹으로 쿵하고 쳤다. 그러자 아다모도 지지 않고 반사적으로 시논의 얼굴을 후려쳤다. 이 둘은 그렇게 육탄전을 벌이면서도 쉬지 않고 입을 놀려 상대방을 비방하고 욕설을 퍼부었다. 서로 이를 갈며 필사적으로 엉겨 붙어 치고받았다. 둘의 싸움이 점점 더 격렬해지고, 나는 어느새 나도 모르게 그들의 싸움을 구경하느라 정신이 없었다.

이런 모습을 보고 있던 베르길리우스가 말했다.

"자네는 저들의 싸움이 재밌나 보군. 더러운 것을 보거든 고개를 돌려야 하거늘 어찌 구경을 하고 있단 말인가. 자네도 싸우고 싶은가?"

나는 스승님의 호통을 듣고 부끄러움에 얼굴을 들 수 없었다. 사죄의 말조차 꺼낼 엄두가 나지 않았다. 그저 이 순간이 꿈이었으면 하고 바랄 뿐이었다.

그런 나를 베르길리우스가 타일렀다.

"작은 실수는 용서받을 수 있네. 다시 반복하지 않는 것이 중요하겠지. 다시는 저런 싸움에 끼어들지 말게나. 만에 하나 그런 상황이 다시 오면 내가 자네 곁에 있다는 사실을 명심하게나."

제31곡

하느님에게 대든 거인들

스승님의 격려에 힘입어 다시 용기를 회복한 나는 스승님을 따라 처참한 골짜기를 벗어났다. 밤인지 낮인지 알 수 없을 만큼 어둠침침해서 앞이 잘 보이지 않았다. 그때 날카로운 뿔피리 소리가 천둥소리처럼 들려왔다.

잠시 후, 건너편을 바라보니 높은 탑 같은 것이 보였다. 그래서 내가 물었다.

"스승님, 저 멀리 보이는 것이 무엇입니까? 제 눈에는 탑 같기도 하고 무슨 도시 같기도 한데요."

스승님이 자상하게 말했다.

"자네가 깜짝 놀라기 전에 내 미리 가르쳐 주겠네. 저것은 탑도 아니고 도시는 더더욱 아니라네. 이제 곧 알게 될 테지만, 저 것은 거인들인데 배꼽 아래는 구멍 속에 들어가 있지. 그들은 자신들의 힘을 과시하고 하느님에게 대들었던 무리들로, 이 지옥의 마지막 관문을 지키고 있다네."

나는 스승님의 말을 들으며 이상한 전율을 느꼈다. 안개가 걷히면 안개에 가려져 있던 사물이 드러나듯이, 우리가 어둠을 뚫고 거인들에게 가까이 다가감에 따라 내 두려움도 커졌다. 마치 성벽 위에 탑이 줄지어 서 있듯이 언덕 위에는 무시무시한 거인들이 상반신을 드러내놓고 탑처럼 서 있었다. 조금 전에 내가 들은 소리는 그 옛날 제우스가 아직 천상에서 거인들을 위협하기 위해 냈던 천둥소리와 같았다. 거인들의 얼굴은 크고 길어 로마의 성 베드로 성당의 솔방울[187]만 했고, 상반신만 해도 세 명의 프리슬란트 사람[188]을 합해 놓아도 이에 미치지 못했다.

"라펠 마이 아메케 자비 알미!"[189]

거인이 우렁찬 목소리로 우리가 알 수 없는 주문을 외쳤다.

그러자 스승은 조롱하듯이 말했다.

"이 어리석은 망령아, 그렇게 따분하면 목덜미에 매달아놓은

---

187) 청동으로 만든 솔방울로, 그 높이가 4미터쯤 된다.

188) 네덜란드 북부 지방 사람으로, 키가 무척 컸다.

189) 단테가 혼란스러운 언어의 모습을 보여주기 위해 특별한 의미가 없는 말을 한 듯 보인다.

뿔피리라도 불며 기분을 풀면 좋을 것을!"

그러고 나서 나에게 말했다.

"저놈은 니므롯[190]인데, 하느님의 능력을 믿지 못하고 자신의 힘을 과시하려 들었지. 그 잘못으로 본래 하나였던 언어가 갈라져 세상의 이곳과 저곳의 의사소통이 불가능하게 되었다네. 저놈한테 신경을 쓰지 말게. 저놈은 인간의 말을 알아듣지 못하고, 저놈의 말 또한 어떤 인간도 알아듣지 못하니까."

우리는 다시 왼쪽 길을 잡아 나갔는데, 거기서 사슬로 몸을 대여섯 번이나 친친 감아놓은 흉악한 거인과 마주쳤다.

"이 기세등등한 녀석은 지존 제우스에게 반항하여 자신의 힘을 시험해 보려고 했던 에피알테스[191]네. 거인들이 그리스의 신들과 전쟁을 할 무렵에 이 녀석도 꽤 설치고 다녔으나 화살에 눈을 맞아 장님이 되었으니, 지금은 저렇게 명상을 하듯이 얌전하게 있을 수밖에 없는 처지라네."

나는 스승에게 무지무지하게 거대하고 팔이 100개나 된다는 브리아레오스[192]를 한번 보고 싶다고 요청했다. 그러자 스승님이 말했다.

---

190) 창세기에 나오는 함족의 우두머리로, 바벨탑을 세우기 위해 사람들을 선동했다.
191) 올림포스 신들을 공격하기 위해 거인 오토스와 함께 산을 높이 쌓다가 아폴론의 화살에 맞아 죽었다.
192) 50개의 머리와 100개의 팔을 가진 괴물.

"그건 좀 어려울 걸세. 자네는 곧 이 근처에서 헤라클레스와 싸우다 죽은 거인 안타이오스[193]를 만나게 돼 있으니까 말이지. 그는 말을 할 수도 있고 묶여 있지도 않다네. 그러므로 우리를 여러 악의 근원지인 제9지옥으로 데려다 줄 걸세. 그대가 보고 싶다는 브리아레오스는 아주 먼 곳에 있지. 얼굴이 흉악하다는 것만 다르지 그 역시 구멍에 박혀 묶여 있다네."

그때 갑자기 에피알테스가 무엇엔가 성이 났는지 몸을 부르르 떨었다. 그것만으로도 지진이 난 것처럼 심하게 땅이 흔들렸다. 우리는 황급하게 앞으로 나가 드디어 안타이오스가 있는 곳에 이르렀다. 이 거인의 상반신은 구멍에서 다섯 알라[194]나 높이 솟아올라와 있었다. 베르길리우스가 말했다.

"이보게 안타이오스! 거두절미하고 말하겠네. 그대가 한니발을 격파한 행운의 골짜기[195]에서 사자 천 마리를 잡아먹었다고 하지만, 만일 그대가 형제 거인들의 싸움에 가세했더라면 제우스를 이겼을 것이라고 하는 자도 있더군. 그대는 정말 대단한 거인이야. 자, 그러니 우리를 코키토스[196] 강의 얼어붙은 땅바닥으로 데려다 주게나. 그럼 여기 있는 내 동행자가 아래 세상에 가

---

193) 가이아와 포세이돈의 아들로, 사자들을 잡아먹고 살았다.
194) 길이를 재는 단위로, 두 팔 반의 길이에 해당한다.
195) 리비아의 바그라다 강 유역 계곡을 가리킨다.
196) 탄식의 강을 일컬으며, 단테는 얼어붙은 호수로 그리고 있다.

서 그대의 명예를 드높여 줄 걸세."

그러자 안타이오스는 급히 허리를 굽히고 두 손을 내밀어 스승을 잡아 올렸다. 스승님이 내게 말했다

"자네는 어서 이리 오게. 내 품에 품어 줄 테니까."

그리하여 우리는 한 덩어리가 되어 안타이오스의 손아귀에 안겼다. 그가 허리를 구부리자 커다란 탑이 기우뚱하는 것처럼 보였다. 간담이 서늘했다. 하지만 안타이오스는 지옥의 마왕 루시퍼와 유다를 삼킨 제9지옥에다 우리를 사뿐히 내려놓고 사라졌다.

제32곡

얼음 호수의 배신자들

제9지옥은 각종 배신자들이 벌을 받는 곳으로, 다시 그 죄에 따라 네 개의 지옥으로 나뉘어 있었다. 첫 번째 지옥에서는 친지나 혈족을 배신한 자들, 두 번째 지옥에는 조국이나 자기가 속해 있던 집단을 배신한 자들이 벌을 받고 있었다.

안타이오스의 도움으로 마지막 지옥인 제9지옥에 이르렀을 때, 나는 말문부터 막혔다. 뮤즈의 도움 없이는 한마디의 시도 읊을 수 없을 만큼 절망적인 기분이었다. 이 우주와 지구의 중심이며 가장 깊은 지옥의 밑바닥을 노래하는 것은 내 능력으로는 도저히 감당이 안 되는 일이었다. 설사 머리를 쥐어짜 어찌어찌 시구를 읊조린다 한들 그것은 어린아이의 옹알거림에 지나지 않을 것이다.

그 옛날 암피온[197]이 성벽을 쌓으려 할 때 뮤즈가 준 수금을 타자 바윗덩어리들이 산에서 굴러와 그대로 성이 되었듯이, 내게도 그러한 영감이 찾아오기를 기도했다. 왜 내게 이런 괴로움을 안겨 주는가. 지옥에 갇힌 극악무도한 망령들이여, 차라리 태어나지 말거나 아니면 그저 양이나 염소로 태어났으면 좋았을 것!

우리는 유리처럼 보이는 코키토스의 첫 번째 지옥에서 얼음 속에 있는 슬픈 망령들을 보았다. 크레타 섬의 거인이 흘린 눈물이 지옥으로 흘러내려 이 바닥에 이르러서는 꽁꽁 얼어붙어 빙하 호수가 된 것이다. 얼음이 얼마나 두꺼운지 물이 흐르는 것을 전혀 느낄 수 없었다.

카이나[198]라고 불리는 이곳은 혈족을 배신한 자들이 갇혀 있었다. 얼음 위로 망령들의 머리가 솟아나와 있었다. 선 채로 얼음 속에 갇혀 있는 수많은 망령들은 머리만 내밀고 추위에 이빨을 덜덜 떨고 있었다.

잠시 후, 정신을 차리고 주위를 둘러보니 발치에 서로 머리칼이 엉켜 있는 두 망령이 보였다. 그들은 알베르토[199]에게서 나서

---

197) 제우스와 안티오페 사이에서 태어난 쌍둥이 중 하나로, 쌍둥이 형제 제토스와 더불어 테베의 왕이 되었다.

198) 인류 최초의 살인자 카인의 이름을 따와 단테가 지어낸 명칭이다.

199) 알베르토 델리 알베르티 백작. 그는 비센초와 시에베 계곡 근처의 많은 땅과 성을 소유하고 있었다.

서로를 죽인 자들[200]이었다. 그 두 망령은 이 지옥에 떨어져서
도 가슴을 맞댄 채 두 마리의 염소처럼 갖은 욕설을 퍼붓고 머
리를 치고받으며 싸우고 있었다. 베르길리우스가 나서 한바탕
호통을 치고 나서야 그들은 비로소 잠잠해졌다.

그러자 이번에는 그 옆에서 고개를 숙이고 있던 한 망령이 고
개를 들며 말했다.

"아서의 창에 가슴과 그림자까지 뚫렸던 자[201]도 있고, 불화를
일으켜 가문을 몰락하게 한 포카차[202]도 있고, 사솔 마스케로니[203]
도 있지만, 이들 모두는 저 형제 놈들보다 못할 것이다."

이렇게 말하는 망령은 자신을 카미촌 데 파치[204]라고 소개하
고, 자신의 죄를 가볍게 해줄 카롤리노[205]를 기다린다고 했다.

우리는 다시 그들을 뒤로 하고 두 번째 지옥인 안테노라[206]를

---

200) 나폴리오네와 알렉산드로. 권력과 재산 다툼으로 형제끼리 죽고 죽였다.

201) 영국 왕 아서는 자기를 배반하여 영지를 빼앗으려던 조카 모드레트를 창으로 찔렀다.
아서 왕이 창을 뽑아내자, 모드레트의 가슴에 뚫린 구멍 사이로 햇살이 통과해 땅에
비친 그림자에서조차 구멍이 나 있었다.

202) 겔프 백당에 속한 그는 숙부를 살해했다.

203) 피렌체 토스카 가문 출신으로, 부자였던 숙부가 죽자 숙부의 외아들을 죽이고 재산
을 차지했다.

204) 그는 자신의 친척 우베르티노를 살해하였다.

205) 카미촌 데 파치와 같은 가문 사람으로, 겔프 백당 소속이면서도 흑당에 매수되어 많은
동지들을 죽거나 다치게 만들었다. 카미촌의 죄를 가볍게 해준다는 말은 그보다 더 무
거운 죄를 지었다는 뜻이다.

206) 트로이 장군 안테노르의 이름에서 따옴.

향해 얼음 호수를 미끄러져 내려갔다. 안테노라에는 조국을 배신한 망령들이 얼음에 갇힌 채 고개를 뻣뻣이 들고 서 있었다. 그중 한 망령의 머리를 모르고 걷어차자, 망령[207]이 고함을 지르며 발끈했다.

"대체 어떤 놈이기에 내 머리를 발로 차는 것이냐? 만약 몬타페르티의 복수[208]를 하러 온 놈이 아니라면 나를 발로 찰 자격이 있는 놈은 여기에 없을 터인데……."

나는 그 말을 듣고 그자의 정체를 단번에 알아보았다. 하지만 짐짓 모른 체하며 정체를 밝힐 것을 요청했으나, 그는 되레 화를 내며 당당한 모습이었다. 아무것도 묻지 말고 따지지도 말고 어서 떠나 달라는 태도였다. 나는 그 교만함에 역겨움을 느꼈다. 이 지옥의 얼음 호수에 떨어져서도 일말의 반성조차 없이 고개를 뻣뻣이 처들고 대드는 듯한 거만한 태도에 어이가 없었다.

나는 화가 나서 그에게 달려들어 머리칼을 움켜잡으며 꾸짖었다. 그러나 그는 눈을 치켜뜨고 바락바락 악다구니를 쓰며 대들었다. 나는 다시 달려들어 머리칼을 한 움큼씩 뽑기 시작했다. 그는 고통에 몸부림을 쳤으나 제 이름을 밝히기를 거부했

---

207) 보카 델리 아바티.

208) 겔프당 소속이면서도 당시 우세했던 기벨린당을 편든 보카는 몬타페르티 전투에서 칼로 기수의 손을 쳐서 깃발을 떨어뜨리게 만들었다. 이에 전의를 상실한 겔프 파가 패배하였다.

다. 나는 손을 털고 일어서며 준엄하게 꾸짖었다.

"이 더러운 배신자야, 난 이미 네놈의 정체를 알고 있다. 네놈은 보카가 아니더냐. 동료들을 배신하고 아군의 사기를 떨어뜨려 패전을 하게 만들었지. 나는 조국을 배신한 네놈의 이름을 저 세상에 영원히 남겨 다시는 배신자가 나오지 않게 할 것이다."

내 꾸짖음에도 보카는 반성하는 기색이 없이 오히려 저와 비슷한 죄를 짓고 이곳에 함께 갇혀 있는 두에라[209]와 베케리아[210] 같은 몇몇 배신자들을 거론하며 끝까지 오만한 모습을 보였다. 그는 참으로 뻔뻔한 작자가 아닐 수 없었다.

우리는 그 자리를 떠나 앞으로 나아가다가 한 구덩이에 두 망령이 얼어붙어 있는 광경을 보았다. 그들은 서로 엉겨 붙어 있었는데, 한 망령의 머리가 다른 한 망령의 머리 위에 모자처럼 얹혀 있었다. 그런 상태로 위 망령이 아래 망령의 머리와 목덜미를 게걸스럽게 물어뜯었는데, 그 모양새가 참으로 처참해 보였다.

---

209) 크레모나의 영주로, 저지해야 할 프랑스 군대를 돈을 받고 통과시켰다.
210) 발롬브로사의 수도원장이었던 그는 기벨린당과 음모하여 반역을 시도했다 교수형을
   당했다.

제33곡

우골리노와 루지에리

나는 대체 무슨 원한으로 저렇게 짐승처럼 물어뜯고 있는지 그 사정이 궁금해 물었다. 그러자 머리를 물어뜯고 있던 망령은 머리를 내려놓고 입가에 묻은 머리칼을 뜯어낸 다음 얘기를 시작했다.

"내가 이 반역자에게 치욕을 줄 수만 있다면 나는 무슨 짓이든 할 수 있소. 나는 우골리노[211] 백작이고, 이놈은 루지에리 대주교요. 나는 피사의 평화를 위해 여동생을 반대파의 조반니 비

---

211) 피사와 사르데 섬의 방대한 영토를 소유한 귀족으로, 기벨린당 소속이었지만 겔프당이 승리하도록 도와 피사에서 정권을 잡았다. 하지만 기벨린당 소속의 루지에리와 여러 피사의 가문들이 봉기하면서 포로가 되어 탑 속에 갇혀 굶어죽었다.

스콘티와 결혼을 시켰소. 사심 없는 행동이었소. 그러나 동료들에게 반역자로 의심을 받아 나는 감옥에 갇혔고, 조반니는 추방이 되었지요. 그 후 감옥에서 나와 추방된 나는 절치부심 세력을 키워 다시 피사를 점령하고 권력을 장악했소. 그리고 조카와 양두정치를 실시하며 권력을 유지했소. 조카와 알력으로 대립하던 중 대주교와 협력한 기벨린 가문을 추방하며 권력을 공고히 하고자 했소. 그러나 피사에 물가가 오르고 대중들이 폭동을 일으켜 반란으로 치달았소. 나는 루지에리의 조카를 죽이고 정치적으로 수습에 나섰는데, 대주교 루지에리는 나를 반역죄로 몰아 감옥에 가두는 것도 모자라 자식 두 명과 손자 둘까지 굶어죽게 만들었소. 아마 그대가 루지에리에게 당한 그 피눈물나는 고통을 알고 있다면, 내가 이곳에서 루지에리의 머리를 물어뜯고 있는 사정을 이해할 수 있을 것이오."

우골리노는 이렇게 긴 얘기를 마치더니 다시 곧 미친 개처럼 대주교 루지에리의 머리통을 잡고 물어뜯기 시작했다.

나는 우골리노의 원한과 증오에 연민을 감출 수 없었다. 특히나 어린 손자들까지 감옥에 갇혀 굶어죽게 했으니, 그가 그런 행동을 하는 것에도 일말의 동정을 느끼지 않을 수 없었다.

우리는 우골리노의 딱한 처지를 뒤로 하고 다시 앞으로 나가 톨로메아라고 불리는 세 번째 지옥에 이르렀다. 이곳에서는 친구나 동료들을 배신한 자들이 드러누운 자세로 벌을 받고 있었다. 그들이 고통의 눈물을 흘리면 눈물이 이내 얼음이 되어 버리는 통에 울 수조차 없는 형국이었다. 그리고 이 캄캄한 지옥 맨 밑바닥에서도 어디선가 살을 에는 바람이 불어오고 있었다. 나는 이 바람의 정체를 물었으나 스승님은 조금 있으면 다 알게 된다는 듯이 말씀이 없으셨다.

그때 온통 얼음을 뒤집어쓴 망령 하나가 나를 보고 외쳤다.

"그대 이 지옥의 가장 깊은 밑바닥을 순례하는 자여, 제발 할 수만 있다면 내 눈에서 이 얼음을 치워 줄 수 있겠소. 이젠 가슴에서 내 사무치는 울분의 눈물이 얼기 전에 한 번쯤 눈꺼풀 밖으로 흘려보내고 싶소이다."

나는 그 망령의 딱한 처지가 안타까워 혀를 차며 당신은 누구이며 무슨 죄를 지었는지를 물었다.

"나는 알베리고[212] 수사요."

"아니, 그대가 벌써 죽었단 말이오?"

내가 알기로는 그는 세상에서 아직까지 분명히 살고 있는 사람이었다. 아니, 어떻게 이런 일이 일어날 수 있단 말인가. 육체는 지상에 머물며 활동을 하고 있는데, 영혼은 지옥에 떨어져 벌을 받고 있다니, 나는 도저히 이해할 수가 없었다.

"내 육신이 세상에서 어떻게 되어 있는지 나는 모르오. 종종

---

212) 피렌체의 수도승이었던 그는 친척들을 연회에 초대해 모조리 죽였다.

아트로포스[213]가 움직이기도 전에 영혼이 먼저 떨어지는 경우가 있지요."

내가 의문을 표하자 이번에도 스승님께서 풀어 주셨다.

"여기 제9지옥의 세 번째 지옥에 있는 자들은 대부분 지상에 육체를 갖고 있다네. 그것은 운명의 세 여신 중 한 명인 아트로포스가 생명의 실을 끊기 전에 영혼이 먼저 이곳에 떨어진 경우라네. 그러니까 죽기 전에 영혼이 먼저 떨어져 나간 것이지."

스승님의 말이 떨어지기가 무섭게 알베리고가 자신의 왼쪽에 있는 망령을 가리키며 말했다.

"저놈은 브랑카 도리아[214]인데, 벌써 몇 년째 저렇게 갇혀 있다오."

나는 그의 말을 믿을 수가 없었다. 내가 최근에 들은 바에 따르면, 도리아는 아직 죽지 않고 잘 먹고 잘 살고 있었다. 그렇다면 지상에서 먹고 마시는 도리아의 육체는 영혼이 빠져나간 허수아비란 말인가.

알베리고가 다시 눈 위의 얼음을 치워 달라고 했지만, 나는 그의 부탁을 거절했다. 그의 부탁을 들어줄 만도 했지만 나는 웬일인지 선뜻 나서기가 싫었다. 베르길리우스도 아무 말씀이 없는 것으로 보아 내 행동에 암묵적으로 동의하신 것 같았다.

---

213) 그리스 신화에 나오는 운명의 여신으로, 운명의 실을 끊는 역할을 한다.
214) 제노바의 귀족으로, 장인의 권력을 탈취하기 위해 연회에 초대해 살해했다.

제34곡

마왕 루시퍼의 삼위일체

우리는 다시 걸음을 재촉해 제9지옥의 마지막 네 번째 지옥을 향해 나아갔다. 앞서 가던 베르길리우스가 한순간 돌아서 멈춰서더니 나를 보며 말했다.

"자, 이제 용기를 내서 앞을 보게나! 드디어 지옥의 왕의 깃발이 우리를 향해 다가오고 있네. 앞을 보고 있는가?"

스승님의 목소리는 전에 없이 떨리고 있었다.

마치 안개가 자욱하게 낀 것처럼, 혹은 우리가 속한 반구가 어둠에 잠길 때 멀리서 바람에 풍차가 보이듯이 나는 언뜻 무슨 거대한 물체를 본 것 같았다. 하지만 그것도 잠시, 거센 바람이 나를 밀어냈고 그 바람에 나는 스승님의 등 뒤로 몸을 숨겨야만

했다. 바람이 분 것은 마왕 루시퍼의 날갯짓 때문이었다.

스승님이 말한 마왕의 모습은 짙은 안개에 가려져 뚜렷한 모습을 드러내지 않았다. 그 대신 얼음 빙판 아래 각기 서로 다른 자세를 취하고 있는 배신자들의 망령들이 보였다. 누워 있는 자가 있는가 하면, 머리를 쳐들고 서 있는 자도 있었고, 거꾸로 발바닥을 쳐든 자들도 있었으며, 활처럼 몸을 반원으로 구부리고 있는 자들도 있었다.

베르길리우스는 비켜서며 나를 멈추게 하더니 말했다.

"자, 잘 보게나. 저자가 바로 루시퍼[215]네. 지금부터 자네는 모름지기 용기로 단단히 무장을 해야만 하네."

나는 마왕 루시퍼를 보고 극한의 공포에 사로잡혀 피가 얼고 맥이 빠져 정신이 혼미해졌다. 마왕은 제 몸의 상반신을 얼음 밖으로 내놓고 있었는데, 그 거대한 몸체에 비하면 전에 본 거인들은 팔뚝 하나만도 못했다.

루시퍼는 한 개의 머리통에 세 개의 얼굴을 갖고 있었다. 입에는 최악의 배신자 세 명을 물고 있었는데, 예수를 팔아넘긴 가룟 유다가 빨간 얼굴로 가운데에 있었고, 그 양 옆에는 카이사르를 죽인 브루투스와 카시우스[216]가 각기 누렇고 검은 얼굴을 한

---

215) 한때는 가장 아름다운 천사였다고 한다.
216) 브루투스와 함께한 카이사르 암살의 주모자이다.

채 자리를 잡고 있었다.

스승님의 말씀에 따르면, 하느님의 삼위일체가 있는 것처럼 루시퍼가 갖고 있는 세 개의 얼굴은 지옥왕의 삼위일체였다. 각각의 얼굴 밑에선 커다란 날개가 두 개씩 튀어나와 있었는데, 날개가 한 번 퍼덕일 때마다 그로부터 세 줄기의 바람이 불어와 코키토스를 얼어붙게 만들었다. 그리고 루시퍼의 여섯 눈동자에서는 피눈물이 흘러내렸고, 턱 주변에는 고드름이 맺혀 있었다.

내가 혼미한 정신으로 넋이 빠져 있을 때, 스승님의 목소리가 나를 깨웠다.

"자, 이제 여기서 볼 것은 다 보았으니 다시 길을 떠나세. 우리에게는 아직 마지막 한 고비가 남아 있다네. 어서 내 허리에 손을 두르고 등 뒤에 꼭 매달리게나."

나는 얼른 스승님의 등에 업히듯 바짝 등에 달라붙었다.

그러자 베르길리우스는 마왕 루시퍼의 털북숭이 옆구리를 타고 아래로 내려가기 시작했다. 허리를 지나 옆구리가 쑥 내밀어진 언저리까지 내려왔을 때, 스승님은 돌연 몸을 거꾸로 돌려 위로 향했다. 나는 다시 지옥으로 돌아가는 것이 아닌가 하고 착각했다. 이런 내 마음을 짐작이라도 했는지 스승님께서 한마디를 툭 던졌다.

"나를 꽉 잡아야 하네. 이렇게 거꾸로 털사다리를 타고 올라가야만 이 지옥에서 빠져나갈 수가 있다네."

그러고는 루시퍼의 다리 사이로 밖이 내다보이는 동굴처럼 생긴 바위틈을 빠져나왔다. 스승님은 비로소 바위 언저리에 나를 내려놓았다. 어떤 안도감이 밀려오면서 나는 그만 힘이 빠져 그자리에 털썩 주저앉고 말았다. 방향 감각과 시간관념이 뒤죽박죽으로 뒤엉켜 혼란스러웠던 것이다.

"아직 갈 길은 멀고 행로는 거칠 것이니, 자, 어서 일어나게나."

베르길리우스는 이렇게 걸음을 재촉하면서 내 혼란스러움을 명쾌하게 정리해 주었다. 그가 나를 업고 루시퍼의 옆구리를 타고 내려오다가 돌연 몸을 돌렸던 순간, 우리는 지구의 중심을 통과해 북반구에서 남반구로 방향을 이동했던 것이다. 그에 따라 얼음이 없어졌고, 밤이 새벽으로 바뀌어 있었다.

베르길리우스의 설명을 듣고 나는 하늘이 보이는 곳까지 스승님의 뒤를 따라갔다. 그리고 거기서 바위틈 사이로 흐르는 시냇물 소리를 들을 수 있었다. 시냇물은 완만하게 경사를 이루며 천천히 굽이쳐 흘러가고 있었다. 그리고 미명의 새벽하늘에서 별들이 반짝이는 것을 볼 수 있었다.

우리는 마침내 어둠의 지옥을 빠져나와 다시 아름다운 별을 볼 수 있게 되었다.

단테의 생애와 『신곡』에 대하여

끝내 고향으로 돌아가지 못한 불우한 망명객, 단테

단테 알리기에리는 1265년 3월 이탈리아 북부 피렌체에서 태어났다. 당시 피렌체는 중세에서 근대로 넘어가는 거대한 전환기의 중심 도시국가였으며, 후에 르네상스의 중심지가 된다. 단테의 집안은 본래 귀족 가문이었으나 아버지 대에 이르러 몰락했다. 넉넉지 않은 살림에 그의 나이 일곱 살 때 어머니마저 잃어 매우 불우한 어린 시절을 보냈다. 계모의 손에 길러지면서 쌓인 모성에 대한 그리움은 평생의 여인 베아트리체에게로 이어진다.

몇 년 후 아버지가 죽자, 장남이었던 단테는 10대 후반의 나이로 집안의 가장 노릇을 해야 했다. 그런 환경에서도 그는 학구열이 높은 청년으로 반듯하게 성장했다.

청년 시절, 단테는 속어를 시에 활용한 혁신적인 문체를 추구하는 문학운동을 벌이기도 했다. 당시까지만 해도 문학은 라틴어로만 표현되었는데, 단테에 의해 이탈리아어가 문학작품의 창작 수단으로 등장한 것이다. 무엇보다 그는 일상 언어를 문학에 도입해 지방의 방언들까지 작품에 끌어들이는 일대 모험을 감행함으로써 당대에 이미 시인으로 이름을 날리게 되었다. 이런 점에서 그는 이탈리아 국민문학의 효시가 되었을 뿐더러 오늘날까지 이어지는 현대 이탈리아 문학에도 지대한 영향을 끼쳤다고 할 수 있다.

아홉 살 때 단테는 아버지를 따라 피렌체의 유지였던 폴코 포르티나리의 집을 방문했다. 그는 그곳에서 폴코의 딸 베아트리체를 처음 보고 사랑의 감정을 느꼈으나, 9년 후 그의 신부가 된 여자는 당시 관습에 따라 부모님이 정해준 마네토 도나티의 딸 젬마였다.

첫 만남 이후로 성장하는 내내 베아트리체는 단테의 정신세계에 막대한 영향을 끼치게 된다. 현실적으로는 맺어질 수 없는 사랑이었기에 꿈속의 연인이 되어 정신적 지주로 자리 잡았다. 하지만 불행하게도 베아트리체가 스물네 살에 요절하자, 역설적으로 그녀는 단테의 영원한 사랑과 구원의 연인으로 탈바꿈했으며 『신곡』에서는 일약 신앙의 대상으로까지 승화되었다.

베아트리체의 죽음 이후, 단테는 철학에 몰두하여 아리스토텔레스와 토마스 아퀴나스 같은 철학자들에 천착했다. 그리고 1295년에는 정치에 입문하여 1300년까지 정치적으로 승승장구하며 자신의 인생에서 절정의 시간을 보냈다. 이 시기에 피렌체 공화국의 최고 지위인 최고위원으로 선출되는 등 주요 직책을 역임하며 정치적 위상이 최고조에 달했다. 그러나 권력을 쥐고 있었던 기간은 잠시였다. 그의 정치적 성취는 5년을 넘기지 못하고 무너졌고 평생을 방랑하게 하는 어둠속으로 빠져들게 된다. 그의 나이 서른다섯 살이 되던 해부터 일련의 사건에 직면하며 인생의 전환점에 서게 된 것이다.

피렌체는 다른 이탈리아의 도시국가들처럼 겔피당과 기벨린당이 권력다툼을 벌이고 있었다. 일반적으로는 교황을 지지하는 겔피당과 신성로마제국 황제를 지지하는 기벨린당으로 나뉜 것으로 알려져 있지만, 실제로는 상황에 따라 서로의 입장이 뒤바뀌기도 해서 양 당이 지지하는 쪽을 정확하게 구분하기는 어렵다.

단테가 정치를 하던 당시는 집권 세력인 겔프당이 백당과 흑당으로 분열되어 대립하고 있었다. 백당은 피렌체의 자치를, 흑당은 교황 보니파키우스 8세의 정책을 옹호했다. 백당에 속했던 단테는 최고위원 임기가 끝나자 로마에 특사로 파견되었다. 1301년 교황의 요청으로 샤를 백작이 군대를 이끌고 피렌체로 진격한 상황에서, 교황을 설득해 전쟁을 막고자 로마로 향했던 것이다. 하지만 특사단이 로마에 머물고 있는 사이, 샤를 백작이 피렌체에 진입했고 그 위세를 업고 권력을 장악한 흑당이 백당을 추방하기 시작했다. 그 여파로 로마에서 억류되어 있던 단테 역시 정치적 박해를 피할 수 없었다.

　단테는 이듬해 피렌체로 돌아가지 못한 채 받게 된 궐석 재판에서 정치적 반역 혐의와 각종 비리 혐의로 기소되었고, 공직 추방과 2년 간 입국 금지라는 유죄 선고를 받았다. 하지만 그것이 끝이 아니었다. 얼마 후에 다시 영구추방 결정과 체포될 경우 화형에 처한다는 가혹한 조치가 내려졌다.

　객지에서 이 소식을 접한 단테는 귀향을 포기하고 이때부터 정치적 망명생활을 하게 된다. 한때 피렌체의 권력자들로부터 개전의 정을 보이고 일정 기간 금고형을 받아들인다면 특사를 내리겠다는 제의도 받았으나 거절했다. 그러자 그들은 단테의 죄상을 다시 추인하고 아울러 그의 자식들에게도 영구추방령을 내렸다. 이때부터 1321년 라벤나에서 사망할 때까지 단테의 생애에서 가장 힘들고 어두웠던 망명과 유랑 시기에 쓴 필생의 위대한 작품이 바로 『신곡』이다.

단테가 그려놓은 『신곡』의 정교한 구조와 사상

단테가 망명지에서 13년에 걸쳐 집필한 『신곡』은 성경과 그리스 로마의 고전과 토마스 아퀴나스의 신학, 그리고 프톨레마이오스의 우주론과 플라톤 및 아리스토텔레스의 철학과 윤리학 등 방대한 지식이 그 기저를 이루고 있다. 중세의 사상과 세계관이 집약되어 있으며, 동시에 중세를 마무리하고 르네상스와 함께 근대로 나아가는 효시가 되는 작품이다.

『지옥편』 34곡(『지옥편』의 제1곡은 전체 노래의 서곡에 해당한다), 『연옥편』 33곡, 『천국편』 33곡으로 총 100곡, 14,233행에 달하는 『신곡』은 지옥과 연옥과 천국을 순례하면서 만나는 다양한 인간 군상을 통해 삶의 본질을 이야기하고 통찰하는 대서사시이다. 『신곡』은 제목에서도 알 수 있듯이 인간 영혼의 구원에 관한 중세 기독교의 교리와 세계관에 기반을 둔 기독교 문학의 기념비적 작품으로 평가받는다. 하지만 특정한 종교에 국한된 작품이라기보다는 시대와 공간을 초월한 인류의 보편적 가치를 추구하는 불멸의 고전, 중세 사상의 위대한 종합으로 보는 쪽이 더 합리적일 것이다.

이 책에서 단테는 1300년 부활절 전후인 4월 8일 성금요일부터 15일 사이에 지옥, 연옥, 천국을 방문하는 것으로 되어 있다. 1300년은 새로운 세기가 시작되는 해이며, 교황 보니파키우스 8세가 '희년'으로 제정한 해이기도 하다. '희년'은 구약성서에 근거한 것으로 모든 죄수를 풀어주고, 빚을 탕감해 주며, 저당 잡힌 조상의 땅을 후손들에게 되돌려주는 대사면의 성스러운 해를 뜻한다.

단테는 지옥과 연옥은 정신적 스승으로 따르고 흠모했던 고대 로마의 위대한 시인 베르길리우스의 안내로, 천국은 영원한 연인이자 성스러운 여인인 베아트리체의 인도로 순례한다. 단테가 그린 저승 세계는 중세적 세계관에 풍부한 상상력이 더해져 설계되어 있다. 지옥은 지하에 있으며 지구의 중심축을 기준으로 깔때기 모양으로 펼쳐져 있다. 위쪽이 넓고 아래로 내려갈수록 폭이 좁아지는데, 죄가 무거울수록 아래쪽으로 떨어져 형벌이 가혹해지고 고통이 심해진다. 죄의 경중은 임의로 정한 것이 아니고 기독교 교리를 적용하여 엄중하게 구분된다. 연옥은 예루살렘의 대척점에 있는데 일곱 구역으로 구분되어 있으며 위로 올라갈수록 좁아진다. 일곱 구역은 교만, 질투, 분노, 나태, 탐욕, 탐식, 방탕의 죄를 지은 영혼들이 죄를 씻고 있는 장소이다. 천국은 아홉 개의 하늘로 이루어져 있는데 이 하늘들은 서로 다른 속도로 회전하고 있다. 아홉 번째 하늘은 모든 하늘을 돌리는 원동천이며, 그 너머에 하느님이 있는 빛의 하늘 '엠피레오'가 있다. 하늘을 아홉 개로 나눈 것은 당시 가톨릭의 공식 우주관인 프톨레마이오스의 이론에 따른 것이다.

각 곡마다 들어간 19세기 삽화가 귀스타프 도레의 판화들은 단테가 묘사에 놓은 『신곡』의 세계를 마치 실존하는 공간을 들여다보는 것처럼 생생하게 다가오게 해준다. 특히 유명한 『지옥편』의 판화들은 그 끔찍한 장면들에 박진감이 넘쳐, 차마 볼 수 없을 정도로 참혹하고 기괴한 지옥의 풍경들을 적나라하게 묘사하고 있다.

『신곡』은 그 양이 방대할 뿐 아니라 난해하기로 정평이 나 있는 만큼 제대로 독파하기가 쉽지 않다. 서사시로서 시가 갖는 음악성은 번역의 한계 밖에 놓여 있는데다가 서사시의 또 다른 요소인 스토리마저 제대로 따라가기가 쉽지 않다. 이는 원문의 시를 이해하기 쉽게 산문화하는 과정에서 발생하는 문제이기도 하다. 그래서 이 책은 본래의 운율이나 형식에 따르기보다 내용상 꼭 전달해야 할 내용을 중심으로 편역했다. 원래 전달하고자 했던 의미를 훼손하지 않으면서도 누구나 쉽게 줄거리를 따라갈 수 있도록 접근성을 높이는 데 주안점을 두었다. 편역자로서는 아무쪼록 독자 여러분이 이 책을 통해 단테가 전하고자 했던 바의 핵심을 놓치지 않으면서 끝까지 단테의 순례에 동참할 수 있기를 바란다. 그러는 가운데 괴테가 "인간의 손으로 만든 최고의 것"이라고 칭송했던 『신곡』의 가치와 재미를 함께 느끼게 된다면 바랄 것이 없겠고, 더 나아가 이 책을 길잡이로 서사시 형태를 그대로 살린 완역본에 도전할 수 있는 힘이 생긴다면 더욱 좋을 것이다.

이종권

단테 알리기에리 연보

1265년 이탈리아 피렌체에서 태어났다.

1270-975년 어머니 가브리엘라 사망.

1274년 베아트리체 포르티나리와 처음으로 만남. 베아트리체는 첫
만남 이후 평생 단테의 이상의 여인이 된다. 『신곡』의 『천국
편』을 이끈 것도 베아트리체이다.

1277-1280년 대당대 최고의 인문주의자로 알려진 브루네토 라티니
에게 수사학, 고전, 문화 등을 폭넓게 사사받는다. 이 어간
에 젬마 디 마네토 도나티와 약혼.

1281년 아버지 알리기에로 디 벨린치오네 달리기에리 사망.

1283년 베아트리체와 두 번째 만남. 산타크로체 수도원에서 인문학
을 공부하며 문학 수업과 창작 활동을 시작한다.

1285년 약혼녀 젬마와 결혼.

1289년 6월 캄팔디노 전투에 기병으로 참전.

1290년 6월 베아트리체 사망. 철학과 신학에 몰두하여 아리스토텔레스와 토마스 아퀴나스 등에 심취한다.

1294년 스승 브루네토 라티니 사망. 베아트리체를 찬양하며 쓴 글들을 모아 『새로운 인생』을 완성한다.

1295년 약사 길드에 가입, 본격적인 정치 활동을 시작하여 피렌체 36인 위원회 위원이 된다. 이후로 피렌체에서 추방될 때까지 정치에 열성적으로 참여한다.

1296년 피렌체의 100인 위원회 위원이 된다.

1300년 피렌체를 지배하고 있던 겔피당이 체르키 가문이 이끄는 백당과 도나티 가문이 이끄는 흑당으로 나뉜다. 단테는 백당에 속해 있었고, 백당이 집권하자 2개월 간 최고위원을 맡는 등 권력의 핵심에 서게 된다.
5월 겔피당을 대표하여 산 지미냐노에 대사로 파견.

1301년 피렌체 100인 위원회 재선.
교황 보니파키우스 8세가 토스카나 남부의 땅을 손에 넣기 위해 피렌체에 군대 파병 요청하자 단테는 위원회에서 반대 연설을 한다. 10월에는 샤를 발루아의 군대 동원을 막기 위해 교황청에 특사로 파견되었다가 로마에 억류된다.
5월 샤를 발루아가 피렌체에 입성하고 백당은 흑당에게 패배한다.

1302년 본인이 없는 궐석 재판에서 공금횡령과 뇌물 등의 죄목으로 벌금과 함께 2년 간 추방 선고를, 후속 재판에서 피렌체 영토에서 체포되면 사형에 처한다는 선고를 받음. 피렌체로 돌아오는 도중 재판과 선고 소식을 듣고 이때부터 기약 없는 유랑생활을 시작한다.

1303년 포를리와 베로나 등을 떠돌며 머물다가 아레초에서 망명자들의 위원회인 12인 위원회의 위원으로 선출됨.

1303~1304년 『속어론』 집필. 이 책에서 문학언어로는 라틴어보다 속어, 즉 각 나라의 자국어가 낫다고 주장한다.

1304년 7월 벨리니와 연합한 겔피 백당이 피렌체 근교 라스트라 전투에서 흑당에 참패.

1306~1309년 『신곡』의 『지옥편』 집필. 1304-1307년에 걸쳐 구상함.

1309년 3월 피렌체의 망명자들이 루카에서 모두 추방됨.

1308~1312년 『연옥편』 구상과 집필에 들어감.

1310~1311년 1월까지 룩셈부르크 왕가 출신의 신성로마제국 황제 하인리히 7세 보좌. 단테는 하인리히 7세가 이탈리아 반도의 분쟁을 종식시키고 자신도 피렌체로 돌아갈 수 있을 것이라고 보았다. 그러나 피렌체는 하인리히 7세를 받아들이지 않았다.

1312년 피사에서 어린 소년 페트라르카를 만남. 페트라르카는 단테
와 함께 이탈리아 르네상스의 토대를 마련하는 시인이 된다.

1313년 하인리히 7세 말라리아로 사망. 『제정론』 집필. 이 책에서 교
황과 황제의 이상적인 권력 관계에 대해 논한다.

1314년 『지옥편』 출판.

1315년 흑당으로부터 죄를 공개적으로 인정하는 조건으로 사면과
귀환을 제의받지만 거절함. 이로 인해 추방과 종신형을 재
선고 받고, 이 판결이 가족들에게까지 확대 적용된다.
『연옥편』을 출판하고 『천국편』 집필을 시작.

1320년 『천국편』 완성하여 즉시 출판. 라벤나의 외교사절로 베네치
아에 파견.

1321년 9월 13일 베네치아에서 돌아오는 길에 병으로 사망. 시신은
산 피에르 마조레 교회에 안장되었고 아직까지 피렌체로 귀
환하지 못하고 있다.